Das Buch

Himmelhoch jauchzend, zum Tode betrübt – dieses berühmte Goethe-Zitat beschreibt die Gefühle von Stefan, dem Protagonisten dieser Erzählung. Wellenjahre beginnt mit dem Tag des Mauerfalls, sowie der Erschaffung einer neuen Existenz, nicht weit entfernt von der alten Heimat und doch unendlich fern, in einem für ihn fremden System. Voller Offenheit erkundet Stefan diese neue Welt, feiert berufliche Erfolge, reist in aufregende Landschaften und genießt sein familiäres Glück, bis die Gesellschaft ihm die Kehrseite der Medaille zeigt. Eine Seite, die sich seine Fantasie nicht einmal in seinen kühnsten Träumen ausmalen konnte. Jahre voller Gefühle, die ihn wie Wellen in den Himmel hoben und durch die Hölle jagten.

Roland Pöllnitz

Zunächst folgte der brave Sohn den beruflichen Vorstellungen seiner Familie und wurde Ingenieur. Erst wurde das Potential seiner Kreativität gefördert, später verlor es sich im Nirvana gesellschaftlicher Dilemmas. Irgendwann folgte ein seelischer und körperlicher Zusammenbruch. Rastlos trieb es ihn vorwärts, vielseitig waren seine Erfahrungen als Bauer, Bauarbeiter, Brauer, Gleisarbeiter, Student, Ingenieur, Forscher, Designer, Gärtner, Fotograf, Programmierer, Unternehmer, Wirt, Ehemann, Vater und Großvater und gesunder Mensch mit einem gesunden Verstand. Ein Drittel seines Lebens hat sich der Autor der Poesie verschrieben, zwei Drittel dem Reisen und der Fotografie und dem Ganzen der Liebe.

Wellenjahre

Roland Pöllnitz

1. Auflage 2024
© Roland Pöllnitz
© Umschlaggestaltung: Roland Pöllnitz
© Fotos Roland Pöllnitz
Verlag: BoD · Books on Demand GmbH, In de Tarpen 42,
22848 Norderstedt
Druck: Libri Plureos GmbH, Friedensallee 273, 22763 Hamburg
ISBN: 978-3-7693-0235-6

Es gibt kein zufälliges Treffen.
Jeder Mensch in unserem Leben ist entweder ein Test, eine
Strafe oder ein Geschenk.

- Theo Lingen -

Ich danke allen Menschen,
die mein Leben
auf ihre Art
bereichert haben
und bitte alle
um Verzeihung,
die ich in meinem Leben
in irgendeiner Form
verletzt habe.

Wandel

Am Abend des 9. November 1989 saß Stefan, wie immer in jenen Tagen, vor dem Fernsehgerät und schaute sich mit gesteigertem Interesse die Pressekonferenz zur Reiseregelung der DDR im Fernsehen an. Günter Schabowski beantwortete die Fragen der internationalen Presse. Die DDR würde ihre Grenzen in Kürze öffnen. So trug er den Text der neuen Reiseregelung stammelnd und konfus live im DDR-Fernsehen vor und erklärte, die neue Regelung gelte »ab sofort, unverzüglich«. Schabowskis Information entfaltete unmittelbar danach seine ganze Sprengkraft.

Ungläubig schaute Stefan in die Röhre. Wahnsinn, das konnte doch nicht wahr sein! Wenig später staunte er mit offenem Mund, was sich in Berlin abspielte. Auf einmal war möglich, was vorher undenkbar schien. Er fühlte sich, als würde er schweben, als bekäme er Flügel und könnte einfach so über die Grenze flattern wie ein Schmetterling.

Als seine Frau Martina vom Sport zurückkam, umarmte er sie, lachte und sagte: »Nächste Wochen können wir alle zu Oma fahren!«

»Willst du mich auf den Arm nehmen?«

»Nein, schau dir diese Bilder an!«, sprach er und zog sie vor die Bildröhre, wo gezeigt wurde, wie Menschen in Scharen an die Grenzübergänge strömten. Dem Chef der Passkontrolle an der Bornholmer Straße in Berlin blieb in dieser Nacht nur die verhängnisvolle Wahl: Grenzen öffnen oder schießen lassen. Für ein paar Stunden schienen alle Gesetze außer Kraft zu sein. Es herrschten Improvisation und Spontaneität statt Kontrolle und Gehorsam. Kurz nach Mitternacht standen bereits alle Grenzübergänge in Berlin offen. Die Menschen brachen in Freudentränen aus und lagen sich jubelnd in den Armen. Am Brandenburger Tor stiegen Ost- und Westberliner auf die

Mauer, tanzten und feierten stundenlang. Diese Nacht wurde zum größten Freudenfest in der deutschen Geschichte.

Am nächsten Morgen, einem Freitag, erschien ein Großteil seiner Kollegen nicht zur Arbeit. Die große Freude, das Glück und vielleicht auch die Angst, dass alles ein Irrtum gewesen sein könnte, hatte sie umgehauen oder in den Westen getrieben, um das Begrüßungsgeld zu verprassen oder gleich dort zu bleiben. Der Jubel hatte die Ost-West-Grenze überwunden. Ostern und Weihnachten fielen auf einen Tag. Tausende standen an den Polizeirevieren, um sich einen Stempel in den Ausweis drucken lassen, um in den Westen reisen zu können. Fahren war in diesen Tagen eher übertrieben. Eher stehen, denn es gab kilometerlange Staus auf den Autobahn in Richtung Westen, die bereits auf der Magdeburger Tangente begannen. Und wer dann irgendwann die 40 km Autobahn von Magdeburg nach Marienborn geschafft hatte, stand wieder an der Grenze. Jubelnd wurden sie empfangen, hupend erwiderten die Trabbi- und Wartburgfahrer die freundlichen Grüße.

Drei Wochen später reisten Stefan, Martina und ihr Sohn Benjamin mit dem Zug nach Kirchweyhe bei Bremen zur Oma. Was freute sich die weißhaarige Greisin, ihren Enkel nach so kurzer Zeit bereits wiederzusehen.

Stefan hatte aus Jux und Dallerei im Sommer einen Antrag auf eine Besuchsreise gestellt, um seine Oma im Oktober zu ihrem Geburtstag zu besuchen und bekam diese erstaunlicherweise genehmigt. Am Vorabend des Geburtstages seiner Oma verkündete BRD-Außenminister Hans-Dietrich Genscher vom Balkon der Botschaft in Prag die Ausreisegenehmigung für Tausende DDR-Flüchtlinge. Damals konnte Stefan überhaupt nicht verstehen, warum all die Menschen in den goldenen Westen wollten. Stefan hatte immer noch die Hoffnung, dass sich die DDR mit Glasnost (Offenheit) und Perestroika (Umbau) nach den Vorschlägen des russischen Politikers Michael Gorbatschow verändern könnte. Er hatte die Bücher

Gorbatschows mit großem Interesse gelesen und hoffte, dass sich der Sozialismus in eine völlig neue Richtung bewegen würde, denn er war der festen Überzeugung, dass das Ziel einer klassenlosen Gesellschaft nur erreicht werden könnte, wenn alle gemeinsam an einem Strang ziehen und offen über alles gesprochen wird. Vor allem sollte es darum gehen, gemeinsam darüber zu reden, welche die wirklich wichtigen Dinge es im Lande gibt und wie man sie angeht. Ein Partei oder einzelne Experten konnten nicht immer richtig liegen, zumal manche Parteiführer nicht mehr wirklich wussten, wie das Volk dachte und lebte.

Stefan hatte Erich Honecker einen Brief geschrieben und ihm einige Fragen gestellt. Er schrieb zum Beispiel: Die persönliche und gesellschaftliche Zeitverschwendung, die durch Anstehen, Warten auf Ämtern und Behörden oder auf der Suche nach Konsumgütern auftritt, nimmt unvertretbare Ausmaße an. Mangelware wird hauptsächlich unter dem Ladentisch verkauft... Wie kommt es, dass nicht nur in volkseigenen Betrieben, sondern auch in Einrichtungen des Handels, der Dienstleistungen und der Medizin sich eine Art Scheu vor der Arbeit ausbreitet, dass das Motto lautet, durch wenig tun, an viel Geld zu gelangen, dass es Geschäftemacher gibt, die sich durch legalen oder illegalen Handel an einem Tag mehr als das Jahresverdienst einer ehrlich arbeitenden Familie ergaunern? Offenheit und sachliche Kritik statt geistiger Onanie müssen in unserer Presse herrschen. Auch in der Politik ist Ehrlichkeit ein Resultat der Stärke, Heuchelei ein Resultat der Schwäche. Im August 1964 erhielt der damalige Industrieminister Kubas, Ernesto Che Guevara, für 240 freiwillige Aufbaustunden im Quartal die Urkunde »Aktivist der kommunistischen Arbeit«. Ob es solche Minister noch gibt? Eine interessante und wichtige Frage ist – machen wir unsere Arbeit richtig? Bei einiger Überlegung kommt darauf, dass die passendere Frage lauten muss: Machen wir die richtige

Arbeit? Am 5. Januar 1927 erfolgte die Grundsteinlegung der Magdeburger Stadthalle, die nach dem Willen ihres Schöpfers nahezu 5000 Besuchern Raum bieten sollte. Nach viereinhalb Monaten des gleichen Jahres fand am 29. Mai die Schlüsselübergabe statt. Wie haben die damaligen kapitalistischen Baubetriebe das schaffen können?... Es gab einige, die mir von diesem Brief abgeraten haben. Sie befürchtete für mich und den Betrieb negative Auswirkungen. Es liegt nicht in meiner Absicht, jemanden in die Pfanne zu diffamieren, aber die Partei selbst fordert dazu auf, kritisch und selbstkritisch mit Ursachen für Hemmnisse und Mängel in der Arbeit auseinanderzusetzen und dafür mit Beharrlichkeit zu sorgen, dass unabdingbare Veränderungen mit dem fälligen Resultat herbeigeführt werden. Das versuche ich.

Ein Jahr später, im November 1989, schrieb Stefan in einem weiteren Brief an die Parteiführung: »Vor über einem Jahr schrieb ich einen Brief an das Politbüro mit kritischen Bemerkungen, die heute von jedermann ausgesprochen werden. Die Reaktion darauf war für mich erschütternd. Als Ergebnis gab es ein Gespräch mit führenden Genossen des Zentralkomitees, der Bezirksleitung und der Betriebsleitung. Meine in diesem Brief geäußerten Gedanken wurden in den meisten Fällen als falsch und unvollständig zurückgewiesen. Mir wurde Unkenntnis der politischen Zusammenhänge und Realitäten vorgeworfen. Der Stil meiner Kritik sei gegenüber dem alten Politbüro anmaßend und frech gewesen.

Die sich daraus ergebende Schlussfolgerung war, dass ich mich in einer produktionsnahen Tätigkeit bewähren sollte. Wenig später eröffnete mir der zuständige Betriebsleiter, dass ich mit sofortiger Wirkung zum Schichtleiter befördert sei. Er versuchte mir einzureden, wie wichtig diese Tätigkeit sei und dass bei meiner Weigerung ein Parteiauftrag ausgesprochen werden könnte. So willigte ich nach langem hin und her ein. Vom ehemaligen, durch die Bezirksleitung bestätigten,

Nachwuchskader zum Nachtwächter der Produktion ging es sehr schnell. Die mit meinem Brief in Zusammenhang stehenden Diffamierungen breiteten sich rasend schnell über den ganzen Betrieb aus. Weil mein vertrauensvoller Brief an das Politbüro auf Dienstbesprechungen von verschiedenen Abteilungen des Betriebes zerrissen wurde und böswillige Gerüchte über mich im Betrieb verbreitet wurden, verließ ich den Betrieb letztendlich.

Heute bin ich Abteilungsleiter für Planung von Wissenschaft und Technik in einem anderen Magdeburger Betrieb. Nicht mehr lange werde ich diese Funktion ausüben können, denn einige Tätigkeiten meiner Abteilung konnten durch die Nutzung moderner PC-Technik rationalisiert werden. Ich denke, durch die Wirtschaftsreformen werden viele statistische Tätigkeiten wegfallen. Deshalb werde ich mich bemühen, meine jetzigen Kenntnisse auf dem Gebiet der Rechentechnik zu vertiefen. Das soll mein Beitrag zur Effektivitätssteigerung des Betriebes sein.«

Da nach der Grenzöffnung in jenem Betrieb Gerüchte aufkamen, dass ein großer westlicher Konzern dieses Produktionsstätte kaufen wollte und die kleine Forschung, wo er wirkte, schließen sollte und die Produktion auf Ersatzteile beschränkt werden sollte, war Stefan fest entschlossen, sich neu orientieren.

So freuten sich die Besucher nicht nur über die Oma und ihre Liebenswürdigkeiten, sondern auch über die Chance, Auskünfte zu einer Übersiedlung einzuholen. Stefan würde erst alles auskundschaften, eine Arbeit und eine Wohnung suchen. Wenn das alles umgesetzt wäre, wie sie sich das vorstellten, könnte die Familie im Sommer nachkommen. Mit einem eingetragenen Wohnsitz bei seiner Oma, könnte er sofort auf Arbeitssuche gehen. Er müsste sich also nur im Rathaus anmelden.

So ließen sich die drei Besucher ein langes Wochenende von der herzensguten und großzügigen Oma verwöhnen, besuchten die Tante in Minden und fuhren mit Taschen voller Geschenke zurück nach Magdeburg.

Voller Enthusiasmus wurden die nächsten Wochen zur Planung genutzt und die Papiere und Zeugnisse zusammengesucht und Gespräche geführt, denn im Januar sollte seine Übersiedlung stattfinden.

Fast jeder Mensch verspürt den Wunsch, seiner inneren Stimme zu folgen, sich zu entwickeln, um etwas aus seinem Leben zu machen. Stefan wünschte sich Klarheit und Mut. In der Vergangenheit gab es oft diese dämonische innere Stimme, die ihm aus Angst oder aus Bequemlichkeit zurückhielt. Diesen lähmenden Teil seiner Persönlichkeit, der lieber an fälschlichen Sicherheiten, an der vertrauten Situation festhielt und litt, hatte sich in diesen Tagen von ihm verabschiedet. In seinem inneren Kampf zwischen der Sehnsucht nach Veränderung hatte die Sehnsucht gesiegt. Seine Vorfreude war grenzenlos und seine Lebensenergie unerschöpflich.

Zwei Tage vor der Abfahrt eröffnete ihm sein Bruder Christian, dass er ihn in das neue Leben begleiten wollte. Großartig! Er hatte einen Trabbi. Aufgeregt packten sie am Vorabend des 5. Februar die notwendigsten Sachen und wichtigsten Papiere ein. Was fühlt man, wenn man ins Unbekannte aufbricht? Neugierde? Zuversicht? Mut? Alles - gepaart mit ein wenig Ängstlichkeit.

Es war ein Montag, als sein Bruder den Motor anließ und dieser einmalige Klang ertönte, denn durch die Luftkühlung konnten die Motorgeräusche seines Trabbis, ohne von einem Wassermantel gebremst zu werden, nach außen gelangen. Dort vermischen sie sich mit dem Pfeifen des Lüfters. Die beiden tuckerten los über Tangente zur Autobahn nach Helmstedt. Der charakteristisch knatternde Zweitakter war nicht zu überhören und erreichte mit seinen 26 PS eine Höchstgeschwindigkeit von 100 km/h. Es war, als folgten die beiden Reisenden einer ewig langen Karawane, die aufgehende Sonne im Rückspiegel. Ohne Probleme passierten sie die bis vor kurzem streng bewachte Grenze in Marienborn. Dort konnten sie das mulmiges Gefühl nicht auslöschen, vielleicht doch heraus gewunken, durchsucht oder verhaftet zu werden. Dieser Grenzübergang hatte eine lange Geschichte. Was zunächst ein normaler Grenzübergang war, wurde nach und nach zu einem Bollwerk ausgebaut. Spätestens Anfang der 70er-Jahre entstand eine regelrechte Festung aus Beton-Sperren, Schranken und Stacheldraht. Die beiden waren froh, als sie diese Festung passiert hatten.

Die Zwei schnurrten weiter über die Autobahn nach Hannover, bogen dort nach Norden ab und folgten ab dem Walsroder Dreieck der Bahn nach Bremen. Nach knapp drei Stunden standen sie im Eingang der Veranda ihrer Oma, die dort saß und Zeitung las. Ihr verdutztes Gesicht ist Stefan noch heute in Erinnerung. Die Oma freute sich wie verrückt über ihre Jungs, sprang auf und kochte den beiden einen Kaffee.

Noch vor dem Mittagessen fuhren die beiden zum Rathaus nach Leeste, um sich dort anzumelden. Stefan telefonierte mit Herrn Schulz, einem Mitarbeiter des Arbeitsamtes, in Syke. Dieser lud die beiden sofort zu sich ein, nahm ihre Daten in den Computer auf und übergab ihnen den Antrag auf Arbeitslosengeld. Christian bekam gleich drei Stellenangebote als Lkw-Fahrer. Herr Schulz bedauerte ihnen mitteilen zu müssen, dass die beiden trotz allem nach Hannover müssten, um dort das Eingliederungsverfahren einzuleiten. Das wäre Bedingung für das Leben im Westen. Außerdem benötigte Stefan noch die Anerkennung seines Diploms vom Niedersächsischen Kultusministerium. Der Arbeitsvermittler war so freundlich wie optimistisch und er bot den beiden an, beim Antrag auf Arbeitslosengeld behilflich zu sein, und sagte ihnen, welche Unterlagen notwendig wären.

Am gleichen Tag ließen die beiden noch Passbilder machen, besorgten ausreichend Schreibpapier und eine Schreibmaschine vom Schwager der Oma und machten Kopien von den wichtigsten Papieren, um sofort beim Minister für Wissenschaft und Kunst die Anerkennung des Diploms zu beantragen. Für das Eingliederungsverfahren bekamen sie einen Termin Ende Februar. Stefan schrieb am selben Tag noch zwei Bewerbungen. Christian konnte sich am gleichen Tag vorstellen.

Gut, dass die Oma noch ein Zimmerchen mit zwei Betten hatte. So kamen die beiden Enkel gut unter. Abends im Bett verspürte er eine tiefe Sehnsucht nach seinen Lieben, denn zum ersten Mal war Stefan von seiner Familie getrennt. Ein eigenartiges Gefühl von Leere machte sich in seinen Nächten breit, am Tage dagegen gab es genügend zu tun. Bereits am ersten Wochenende renovierten die beiden Brüder den Korridor von Omas Wohnung. Die Oma selbst expedierten sie zur Freundin zu Kaffee und Würfelspiel.

Am Montag danach eröffneten die beiden bei der Bank ein Konto. Sie hatten zwar nichts zum Einzahlen. Aber Haben war besser als Brauchen. Christian begann zwei Tage später seine Tätigkeit als Lkw-Fahrer.

Hellhörig verfolgten viele Bundesbürger die öffentliche Debatte darüber, wie der Zustrom aus der DDR vermindert werden könne. Sorgenvoll wurden die Zuzugszahlen addiert und hochgerechnet. 1989 kamen knapp 343.854 Übersiedler aus der DDR, dazu Aussiedler aus Osteuropa und Asylbewerber aus aller Welt.

Der Bremer Senator Henning Scherf fürchtete bereits, dass es in Deutschland bald Großstadtkriege wie in den USA geben würde. Selbst führende Unionspolitiker, die bislang standhaft in Verwandtenliebe machten, begannen sich zu sorgen. Bei einem anhaltenden Massenzuzug breche nicht nur in der DDR alles zusammen, auch im Westen drohe das schönste Chaos.

An so manchen Abend trieb Stefan die Sehnsucht nach seinen Lieben ans Telefon. Dann durfte er die Wählscheibe des Telefons wiederholt und mehrfach drehen. Das Tastentelefon, obwohl es bereits 1955 entwickelt wurde, stand noch nicht zur Verfügung und eine Wahlwiederholung gab es auch nicht. Vom vielen Wählen taten ihm die Finger erheblich weh, abgesehen vom Zeitaufwand. Oft waren die Leitungen wegen Überlastung besetzt. Was hatte er sich bemüht, um endlich eine Verbindung zu bekommen, und dann brach sie öfter einmal zusammen. Man konnte auch mitten in einem anderen Telefonat landen und vielleicht als Dritter an dem Gespräch teilnehmen. Oder man hatte selbst noch einen anderen stillen Mithörer. Manchmal erkannte man das an einem plötzlichen Knacken. Dass abgehört wurde, wussten Stefan. Nach zwei, drei Stunden brachte er dann doch eine Verbindung zustande.

Knapp einem Monat später war Routine eingekehrt. Christian erfreute sich daran, einen Lkw zu fahren. Die Oma ging ihrer Beschäftigung nach: Treffen mit Freunden, Kaffee trinken, spielen, kochen, Physiotherapie. Gut, dass Stefan ein ruhiger Zeitgenosse war, denn manchmal hätte auch er seine Oma nach ihren Gängelungen zum Mond schießen können. Er und sein Bruder waren keine kleinen Kinder mehr. Grundsätzlich waren der Oma andere Meinungen verpönt. Sie schnappte sofort ein wie ein kleines Kind. Besuch ist Besuch, da lässt sich alle viel einfacher ertragen. Man sagt nicht umsonst: Dreitägiger Fisch taugt auf keinem Tisch. Und dreitägiger Gast wird einem oft zur Last. Und die beiden waren nun schon einen Monat bei Oma zu Gast. Stefan fehlte es, unter Menschen zu sein. Er hatte das Gefühl, allein etwas zu verblöden. Stillen Tage folgten schlaflose Nächte mit dem Gefühle der inneren Leere und fehlender Liebe. Es machte ihn zudem sehr traurig, nicht beim Geburtstag seiner Liebsten zu sein.

Mitte März stand Martina überraschend in der Tür. Stefans Freude war überwältigend. Damit hätte er nie gerechnet. Es war ein wunderschöner Nachmittag zu zweit und das Wetter verschönerte diesen noch mehr. Es war traumhaft, Hand in Hand wie ein jung verliebtes Paar, spazieren zu gehen. Und waren sie nicht auch jung und verliebt? Durch ihre Trennung schien die Liebe zu wachsen, nahezu aufzublühen. Ging es nur ihm so? Oder auch ihr?

Als er sich am Abend bei einem Glas Wein an sie kuschelte, wünschte er sich sehr, allein mit ihr zu sein. Doch kaum hatte ihre Begegnung begonnen, war sie auch schon wieder vorbei. Er konnte ihr Zusammensein noch um ein paar Augenblicke verlängern, in dem er seine Liebste bis Bremen begleitete, doch dann trennten sich erneut ihre Wege.

Zu Beginn der Aprils brachte Stefan Omas Garten auf Vordermann. Er grub um, hackte und harkte, säte Petersilie, Erbsen, Möhren, Radieschen, Salat und Blumen. Die restlichen Beete bereitete er für Gurken, Bohnen und Kartoffeln vor.

In der Woche darauf hatte Stefan zwei Vorstellungsgespräche. Eines verlief außerordentlich vielversprechend. Nachdem der Geschäftsführer mit Stefan gesprochen hatte, stellte er ihn bei Mercedes Benz dem Leiter der Einrichtungsplanung vor. Hier sollte er wirken und dem Team behilflich sein, alle anstehenden Aufgaben umzusetzen. Nachdem alle mit der Qualifikation und der Person Stefans zufrieden waren, wurden Nägel mit Köpfen gemacht.

Sicherlich hörte Martina den Stein, der ihm vom Herzen fiel, auch in Magdeburg plumpsen. Seine Stimmung auf der Heimfahrt war so himmelhochjauchzend. Er wurde derartig von freudigen Emotionen überrollt, dass ihm die Tränen kamen. Er konnte es kaum fassen. Ab dem 2. Mai würde er nun sein Wissen und Können Mercedes Benz zur Verfügung stellen. Mit dem Vertrag in der Hand, konnte er nun die nächsten Schritte wagen: ein Auto und eine Wohnung.

Anfang Mai fuhr Stefan zunächst mit der Bahn von Kirchweyhe etwa eine halbe Stunde nach Bremen Hemelingen und ging dann zu Fuß noch einmal eine halbe Stunde vom Bahnhof bis zum Werk. Noch stand sein fabelhaft gebrauchter Ford Escort in der Föhrenstraße und wartete auf seine Abholung.

Am ersten Tag stellten Stefans Geschäftsführer und der Leiter der Einrichtungsplanung ihn allen Kollegen vor. Sein erster Ansprechpartner war Helmut Petersen. Er meinte sofort, Stefan könne Helmut sagen. Helmut nahm Stefan mit in die Halle der Endmontage der C-Klasse, einem Mittelklassemodell dieses Hauses. Gemeinsam marschierten sie durch die Halle, wo auf die Fahrgestelle die Karosserie montiert wurde, die gesamte Elektrik eingebaut, der Motor, die Sitze bis zum fertigen Fahrzeug. Alles war für Stefan Neuland und hochinteressant. Helmut stellte ihm die zuständigen Meister vor und sagte dann zu ihnen, dass sie sich getrost an Stefan wenden könnten, wenn es irgendwelche Anliegen gäbe. Bei dieser Gelegenheit trafen die beiden auch auf den ein oder anderen Zulieferer, der die Lösungen für die Anliegen der Mitarbeiter bereitstellten. Alles war sehr kommunikativ, so wie Stefan es aus seinem alten Arbeitsumfeld kannte.
Am Nachmittag saßen die beiden zusammen und besprachen, wie es in den nächsten Tagen weitergehen sollte.
»Wenn du morgen etwas früher hier bist, dann können wir als erstes durch die Halle gehen und abfragen, welche Probleme es an den einzelnen Bändern gibt«, sagte Helmut zu Stefan.
»Was heißt für dich früher?«
»Um kurz vor sechs mache ich die Kaffeemaschine an, während sie blubbert, gehe ich in die Halle.«
»Das passt mir gut. Ich habe in Magdeburg auch gern vor allen anderen mit der Arbeit angefangen. Da schafft man oft mehr als den ganzen Tag. Wenn ich eine Bahn eher fahre, bin ich kurz

vor sechs hier«, antwortete Stefan.

»Hast du kein Auto?«

»Das Auto kann ich am Freitag abholen. Bis dahin nutze ich die Bahn. Ich hoffe, sie ist pünktlich!«

Helmut lachte: »Der norddeutsche Winter ist vorbei.«

»Gut, dann sehen wir uns morgen um sechs.«

»Und denke daran, wir haben hier Gleitzeit. Das heißt, wenn wir ums sechs beginnen, haben wir umso früher Feierabend. Da hat man noch etwas vom Tag«, zwinkert Helmut ihm zu.

Am nächsten Tag lernte Stefan die Montage noch näher kennen. Ganz am Anfang wurden die leeren Karossen automatisch an einzelne Arbeitsplätze gefahren, wo man die die Kabelbäume und die Verkabelung je nach Bestellung einbaute. Dann der Cockpiteinbau. Oder war es umgekehrt? Danach folgte die Innenausstattung. Später wurden die Achsen montiert. Darauf erfolgte die Hochzeit des Motors mit der Karosserie. Nun fehlten noch die Scheiben, Spiegel und ein paar Extras, bevor das Finish erfolgte. Stefan lief staunend die Bänder entlang und hörte Helmuts Erklärungen wissbegierig zu. Die ersten Stunden und Tage waren so mit Informationen zugepackt, dass es Stefan nahezu schwindlig wurde.

Stefan war so aufgeregt und ein bisschen ängstlich, als er sein Auto am Mittag des 4. Mai abholen wollte. Er hatte ein wenig Bammel wegen des Berufsverkehrs, denn er war seit einigen Jahren nicht mehr gefahren. Als er beim Autohändler ankam, wurde ihm offenbart, dass es noch dauern würde und er am Samstagvormittag noch einmal kommen müsste. Am Samstag hatte Christian Zeit, ihn zum Autohändler zu fahren. Dort waren alle Papiere fertig. Stefan fuhr zur Sicherheit vorneweg nach Kirchweyhe, sein Bruder hinterher. Alles lief großartig.

Die folgende Woche war angefüllt mit Arbeit. Stefan fuhr nun mit dem Auto zum Werk, kurz nachdem die Frühschicht von den Straßen war. Da klappte hervorragend. Helmut war immer der Erste. Er hatte grad die Kaffeemaschine angemacht. Dann radelten die beiden zur Halle, sahen nach dem Rechten und nahmen Aufträge von den Meistern entgegen. Zurück aus der Halle gab es erst einmal Kaffee. Danach wurde mit den Zulieferern besprochen, wie das, was die Meister haben wollten, auszusehen hätte und was es kosten sollte.

Nach Feierabend hat Stefan eine Wohnungsanzeige im Heißen Draht veröffentlicht und beim Finanzamt die Steuereinstufung korrigiert. Da die Mieter in Omas Haus die Tageszeitung bekamen, bat Stefan darum, jeden Morgen kurz in den Anzeigenteil zu schauen. Dort selbst eine zu veröffentlichen, war ihm zu teuer.

Nach dem Motto »Freitag ab eins macht jeder Seins« fuhr er direkt vom Werk auf die Autobahn in Richtung Magdeburg. Noch fehlte Stefan die nötige Lockerheit beim Fahren, so dass er sich sehr konzentrieren musste. Als es etwas ruhiger war auf der Bahn, fiel ihm Jack Kerouacs »On the road ein«. Und er wünschte sich, wie der Romanheld, Dean Moriarty, im Rausch über lange, weite, verkehrsarme Straßen quer durch die Welt zu fahren und stundenlang Genesis und Yes zu hören, zu lachen, das Leben in allen Facetten einzusaugen und wie ein Adler in den Lüften frei zu sein.

In jenen Jahr nutzten viele Fahrzeuge die A2, um von West nach Ost und Ost nach West zu gelangen. Baustellen waren in dieser Zeit gang und gäbe, was zu zahlreichen Staus führte. Auf der A2 hatte der Güterverkehr zudem stark zugenommen, was zur Bildung von Staus nicht nur am Wochenende, sondern auch unter der Woche beitrug. Stefan hatte Glück, er erreichte dieses eine Mal ohne Stau die alte Heimat.

»Hallo, Papa, das neue Auto sieht toll aus«, freute sich Benjamin, »Darf ich mich einmal hineinsetzen?«

»Komm her, mein Großer, erst einmal umarmen, dann probesitzen. Das ist ein Escort 1.3 C 5-Türer, sparsam und mit einem Hauch von sportlichem Komfort, Grün Metallic mit Heckspoiler. Der geht ab wie Luzi«, lachte Stefan und umarmte erst seinen Sohn dann seine Liebste.

»Endlich!«, flüsterte sie: »Endlich bist du da, mein Schatz! Schön grün sieht er aus und auch noch mit Heckspoiler!«

»Papa, fahren wir eine Runde?«, bettelte Benjamin.

»Nachher, mein Lieber, lass mich erst einmal ankommen. Ich habe euch auch etwas mitgebracht«, lachte der Vater.

Während Stefan die Taschen nach oben trug, erzählte er, wie er die letzte Woche auf der Arbeit verbracht hatte.

»Mama hat etwas Leckeres gekocht«, verriet Benjamin.

»Da bin ich aber neugierig, mein Schatz!«, sagte Stefan. »Das riecht aber gut. Was gibt es denn?«

»Spargel und Schnitzel«, lächelte Martina.

»Soll ich dir was sagen? Ich könnte ein ganze Pferd verschlingen!«, lachte Stefan und wieherte fröhlich.

»Ihr beiden könnt schon einmal den Tisch decken. Ihr habt sicher viel zu erzählen, während ich das Essen koche«, sagte sie und bereitete in der Küche das Essen.

»Schau einmal, was ich dir mitgebracht habe«, rief Stefan und übergab seinem Jungen eine Schachtel.

Aufgeregt packte Benjamin das Päckchen aus. »Sind das alles Mercedes?«, fragte er seinen Vater.

»Ja, schau einmal. Das ist die C-Klasse, die wird in der Halle zusammengebaut, wo ich arbeite. Das ist die E-Klasse, die ist etwas größer, das die S-Klasse – das Auto für die Reichen. Das ist der SL – ein Sportwagen, den bauen wir in Bremen auch. Und das die G-Klasse, ein Geländewagen.«

»Danke, wenn ich damit spiele, dann werde ich immer an dich denken, Papa!«

»Wie läuft es in der Schule?«, fragte Stefan seinen Sohn.

»Gut, wie immer. In Mathe haben wir jetzt Strecken messen. Mama hat mir ein neues Lineal gekauft, da kann ich alles gut ausmessen. Soll ich mal messen, wie lang die Autos sind?«

»Großartige Idee, mein Sohn! Da bin ich einmal gespannt.«

Benjamin holt sein Lineal aus dem Schulranzen und begann die erste Messung.

»Der Blaue ist 5 cm und 3 mm lang«, erklärte er stolz.

»Das machst du richtig gut«, freute sich der Vater.

»Essen ist fertig!«, tönte es aus der Küche.

»Komm, wir helfen der Mama«, forderte Stefan seinen Sohn auf.

»Na und?«, meinte Martina, als Stefan die ersten Bissen vergnüglich verschnabuliert hatte.

»Der Spargel schmeckt tief aromatisch wie nie, die Schnitzel sind saftig, die Kartoffel super. Du siehst mich begeistert, mein Schatz!«, schnaufte Stefan schmatzend heraus, »Wie sieht der Plan für das Wochenende aus?«

»Morgen sind wir zum Grillen bei deinen Eltern im Garten eingeladen am Sonntag bei meinen Eltern zum Frühstück«, informierte ihn Martina.

»Sie wollen alle das Auto sehen«, platzte Benjamin heraus.

Wenig später wechselten sie ins Schlafzimmer.

»Schön, dass du hier bist. Ich habe dich vermisst, mein Schatz«, eröffnete Stefan das Gespräch.

»Wirklich?« entgegnete Martina mit einem Hauch von Ironie und sie ergänzte sich ernsthaft, mit einem Blick, der keine Zweifel zuließ, »Ich dich auch.« Ihr zartes Gesicht war im Lampenlicht poliert.

»Nun, wie hast du es all die Zeit ohne mich ausgehalten?« erkundigte er sich.

»Dein Schnarchen hat mir gefehlt«, sie griente, »nein, wir hatten viel zu tun auf der Arbeit. Der Chef macht alle verrückt auf Grund der neuen Situation. Die Arbeit scheint immer mehr zu werden«, berichtete Martina, ihre Augen leuchteten, sie machten einen unglaublich glücklichen Eindruck. Zu seiner Freude legte sie die Hand auf seinen Arm. Benjamin schlief zwischen den beiden, so dass sie flüsterten.

»Ja, wir haben einen prächtigen Jungen. Es ist so schön, dich heute in den Arm zu nehmen«, begeisterte sich Stefan.

In dem warm beleuchteten Zimmer breitete sich unversehens zwischen den beiden eine körperliches Nähe aus. Ein Prickeln durchfuhr die beiden, als sie sich küssten. Dann liebkoste sie zärtlich, mit gekrümmten Fingern seine behaarte Brust. Wortlos wie sie, damit der Zauber nicht durchbrochen wurde, probierte er, Streicheln mit Streicheln zu vergelten, und entdeckte dann, dass ihr Negligé, meist ein undurchdringliches, hinderliches Gebilde, transparent wurde, sich auflöste, abfiel von ihrem Leib wie ein seidenes Tuch von einem Körper, der in seiner Kraft und Herrlichkeit aufersteht.

Benjamin schlief zwischen ihnen den Schlaf des Unschuldigen. Stefan streichelte und glättete ihr ausgebreitetes wirres Haar.

»Ich liebe dich, mein Schatz.«

Der Wettergott hatte ein Einsehen. Die Sonne strahlte voller Zufriedenheit aus dem Himmelblau. Am Gartentor seiner Eltern kam der Ford zum Stillstand. Es roch nach frisch gemähtem Rasen. Die junge Familie stieg aus, während Stefans Eltern sie als erstes herzlich umarmten, dann das neue Auto bestaunten. Die große Birke erstrahlte in herrlichem Maigrün.

»Willkommen zuhause, Neuwessi«, grinste Stefans Vater seine gute Laune heraus.

»Wie lange waren wir jetzt nicht mehr hier?«, entgegnete sein Sohn, »Seit letztem Sommer?«

»Setzt euch. Der Kaffee ist schon fertig. Gleich kommt Christian und bringt frische Berliner mit – so wie früher«, forderte seine Mutter die Angekommenen auf und begann ihr Verhör, »Erzähle, was gibt es Neues? Hast du schon eine Wohnung gefunden?«

»Noch nicht, der Markt scheint nach der Grenzöffnung wie leergefegt. Was ich bisher sah, kommt nicht in Frage«, antworte Stefan ruhig.

»Schau einmal, da kommt Chrissi mit den Berlinern!«, freute sich Benjamin wie ein Schneekönig und lief seinem Onkel strahlend entgegen.

»Ist der Kaffee fertig?«, fragte er als Erstes in die Runde, bevor jeden Einzelnen begrüßte.

»Setz dich, mein Sohn! Hier ist er schon«, forderte ihn die Mutter auf.

Wenig später schlugen die Zähne der Anwesenden in die watteweichen Berliner ein und ein genüssliches Stöhnen breitete sich auf er Terrasse aus.

»Man, wie habe ich die vermisst!«, erklärte Stefan mit vollem Mund.

»Sag mal Mops!«, lachte Christian.

»Mopf!«, antwortete Stefan gutgelaunt.

»Ich habe gehört, dass die neu gewählten christdemokratischen Stadtrat Mitglieder sich in Magdeburg allesamt wunderbar verstehen und ihre Sitzungen mit einem Gebet beginnen«, berichtet die Mutter.

»Wo kommen denn all diese Christen plötzlich her?«, fragte Stefan lachend.

»Viele von den Abgeordneten geht es darum, die sozialistische Wirtschaft in marktfähige Strukturen zu überführen. Sie wollen etwas bewegen«, erklärte der Vater.

»Ich glaube, da haben sie die Rechnung ohne den Wirt gemacht. Die Treuhand wird wohl den Verkauf der DDR organisieren«, entgegnete Stefan.

»Schon klar, Stefan. Bei uns geben sich die Interessenten verschiedener Großkonzerne bereits die Türklinke in die Hand«, merkte man Stefans Vater die Empörung an.

»Bei uns sieht es auch nicht viel anders aus«, meinte Martina.

»Wir merken nur, dass jede Woche andere Richtlinien für die Kinderkrippen erlassen werden. Wir hatten schon früher viel zu viel Schreibkram zu erledigen. Jetzt wird es noch mehr«, mischte sich nun auch die Mutter ein.

Noch saßen alle gemütlich auf der Terrasse. Die Sonne wanderte unentwegt Richtung Westen und tauchte den Tag in eine goldenes Licht. Die Nackensteaks warteten, eingelegt in der Biersoße, auf den heißen Grill.

»Ja gut, dann werden wir zwei den Grill anwerfen, was meinst du Chrissi?«, verkündete Stefan.

»Jawollo, das machen wir. Kein Feuer – keine Grillwürste.«

Während Stefan Papier zerknüllte und Reisig zu einer Pyramide stapelte, holte Christian die Holzkohle aus dem Schuppen.

»Habt ihr noch den Fön im Bad?«, fragte Stefan und steckte das Zeitungspapier in Brand.

»Ja, klar«, antwortete sein Vater.

»Benjamin, kannst du mal den Fön aus dem Bad holen?«, bat Stefan seinen Sohn.

»Ich bin schon groß«, grinste dieser und lief gleich los.

Sie schauten den Flammen zu, wie sie auf das Reisig übersprangen und größer wurden.

Die Holzscheite hatten Feuer gefangen, es knisterte und ein Duft nach rauchigem Tannenharz erfüllte die Luft.

»Prima, jetzt Holzkohle drauf, Chrissi«, sagte Stefan und klopfte ihm anerkennend auf die Schulter.

Stefan schloss den Fön an und hielt ihn so lange in die Flammen, bis die Holzkohle fröhlich glühte.

Alle saßen gemütlich auf der Terrasse. Die Getränke waren kühl, die laue Frühlingsluft roch nach Birke, gegrilltem Fleisch und guter Laune.

»Die ersten Runde ist fertig. Reich mir mal bitte den Teller, Martina«, triumphierte Stefan und füllte den Teller mit Steaks und Würsten.

»Piep, piep, piep, wir haben uns alle lieb. Jeder isst so viel er kann, nur nicht seinen Nebenmann«, lachte Chrissi.

»Schneller als die Feuerwehr, essen wir die Teller leer!«, lachte nun auch Benjamin.

»Ich bin ein Auftragsgriller!«, Stefan bekam sich kaum ein.

»Grillen, chillen, Bierchen killen!«, packte Chrissi obendrauf.

»Leute, Fleischgeschmack ist etwas, was ich nicht missen möchte. Dieses Steak ist ein Inbegriff von Fleischgenuss, die volle Portion Umami, die perfekte Symbiose aus knuspriger Kruste und weichem, saftigem Inneren!«, schwärmte Stefan und schlug wohlig stöhnend seine Zähne ins Fleisch und sprach schmatzend: »Samuel Butler sagte einst: *Alle Lebewesen außer den Menschen wissen, dass der Hauptzweck des Lebens darin besteht, es zu genießen.* Folgen wir seiner Aufforderung!«

Gegen Abend liebten sie es, gemütlich in den Himmel zu schauen. Der Tag war aufregend genug und die Mägen gut gefüllt, um in eine lethargische Müdigkeit zu verfallen. Die Vögel hatten ihr Abendprogramm begonnen. Ein leichter Frühlingshauch wehte ihre Lieder hinüber. Niemand hatte so recht Lust aufzubrechen. Doch es musste sein.

»Ich muss noch tanken, Christian, du auch?«, fragte Stefan seinen Bruder.

»Ja, ich auch, das machen wir. Ich fahre direkt hinter dir«, antwortete der Bruder.

Noch einmal haben sich alle umarmt und sich ganz herzlich voneinander verabschiedet. Sie waren sich am Ende einig, es war wieder ein wunderbarer Familientag. Dann fuhren die beiden Brüder in Richtung Magdeburg und stoppten an der nächsten Tankstelle. Als Stefan seinen Tankklappe geöffnet hatte, stellte er fest, dass der Tankdeckel ein Schloss besaß.

»Hey, Chrissi, wie bekomme ich den Tankdeckel auf?«, fragte er seinen Bruder.

»Das ist jetzt nicht dein Ernst?«, lachte Christian, »Hast du etwa deinen Tankschlüssel nicht dabei? Du musst doch einen Schlüssel für den Tank bekommen haben?«

»Ich habe hier nur den Zündschlüssel. Den Reserveschlüssel habe ich abgemacht. Der liegt bei Oma. Da war, glaube ich, noch ein kleiner Schlüssel dran«, entgegnete er seinem Bruder.

»Du bist ein Experte«, grinste Christian, »kommst du wenigstens noch nach Magdeburg?«

»Ich denke, ja.«

»Dann fahr los mit deiner Familie. Ich hole dich morgen Abend ab. Dein Auto nehmen wir in der nächsten Woche mit nach Hause«, Christian konnte sich vor Lachen kaum beruhigen.

Es war fast dunkel, als sie zuhause ankamen. »Heute Nacht«, dachte Stefan, »werde ich meine Liebste umarmen, tief und fest schlafen und davon träumen, wie sich all unsere Wünsche erfüllen.« Er fühlte sich so voller Liebe, so lebendig, groß und stark – und doch in diesem Augenblick so klein und verletzlich. Er fühlte so tief in seinem Herzen und glaubte das große Glück hätte ihn beinahe erreicht.

Der Sonntag gehörte den Schwiegereltern. Um keine bösen Überraschungen zu erleben, fuhr die kleine Familie mit der Straßenbahn zu ihnen. Bei dem prächtigem Wetter trafen sie sich bei ihnen im Schrebergarten. Vor dem Mittagessen erfolgte die aktuelle Fragestunde: Wie fühlst du dich aktuell? Wie gefällt es dir auf deiner neuen Arbeitsstelle? Was ist anders dort im Westen? Wie war der letzte Monat für dich? Wo ist dein neues Auto? Wie gibt es Neues bei der Wohnungssuche? In allem schwang die große Frage: Kannst du unserer Tochter glücklich machen?

Am Nachmittag sprachen sie über die aktuellen Ereignisse. Der Mai war geprägt von den deutsch-deutschen Verhandlungen über eine Wirtschafts- und Währungsunion. Wie würde es sich mit den Löhnen und Gehältern verhalten? Wie sollen die Sparguthaben der DDR-Bürger umgetauscht werden? Wie würde es mit der Vereinigung beider deutscher Staaten laufen? Dazu trafen sich die Außenminister beider deutscher Staaten mit den Außenministern der ehemaligen Siegermächte USA, Groß Britannien, Frankreich und Sowjetunion. Auch die Kommunalwahlen kamen erneut auf den Tisch. Im Osten des Landes gab es jeden Tag so viel Neues, dass man kaum alle Informationen verarbeiten konnte.

Ungefähr um fünf Uhr am Nachmittag hupte Christian mit seinem Wagen vor der Haustür. Stefan verabschiedete sich bei seinen Liebsten. Kurz darauf befanden sie sich auf der Autobahn in Richtung neue Heimat. Chrissi hatte Blei in den Füßen. Der Wagen schoss mit 160 km/h in Richtung Westen, musste ab dem Walsroder Dreieck auf Grund von Starkregen entschleunigen. Als sie um acht Kirchweyhe erreichten, wartete ihre Oma voller Neugier mit dem Abendbrot auf die beiden. Selbstredend mussten sie ausführlich von ihrem Heimatbesuch berichten.

In der folgenden Woche war Stefan gezwungen, erneut den Zug zu nutzen, um zur Arbeit zu gelangen. Sein Malheur mit dem Tankschlüssel erzählte er gewiss niemandem. Jeden Morgen drehten Helmut und Stefan die Runde durch die Montagehalle, notierten die Wünsche und Veränderungen der Arbeiter und Meister und versuchten diese, so gut wie möglich in die Tat umzusetzen. Jeder Tag verging so schnell, wie er begonnen hatte. Ohne, dass Stefan es merkte, war es plötzlich Freitag.

Noch einmal vergewisserte sich Stefan, dass er auch alle Schlüsse dabeihatte, auch ohne, dass sein Bruder ihn grinsend all drei Minuten daran erinnerte. Die Fahrt nach Magdeburg war bereits zur Routine geworden. Der Verkehr auf der Autobahn war jedes Mal eine Katastrophe, weil Baustellen und Unfälle immer wieder zu Staus führten. Einmal fuhren die beiden deswegen die 250 Kilometer über vier Stunden über Landstraßen.

Im Juni war es dann endlich so weit. Stefan hatte ein Haus in Syke gefunden, das von der Wohnfläche mehr als doppelt so groß wie sein altes Zuhause war: Wohnzimmer, Schlafzimmer, Kinderzimmer, Gästezimmer, große Küche, kleine Bibliothek und eine gemütliche Diele. Ende Juni saß er mit den Vermietern zusammen und unterschrieb den Mietvertrag. Er war ganz schön aufgeregt. Und der Einzugstermin stand auch fest. Es sollte der 4. August 1990 werden. In Magdeburg tauschte Martina die DDR-Mark gegen die Westmark um. Die Schule strebte nach den Ferien. Die Vorfreude auf das endgültige Zusammensein wurde mit jedem Tag größer.

Es war ein heißer Sommertag, als Stefan mit dem Ford in sie alte Heimat fuhr. Christian kam mit dem Lkw hinterher. Stefan war froh, dass er den Lkw kostenfrei mieten konnte und nur den Diesel bezahlen musste. Und natürlich auch, dass sein Bruder ihm beim Umzug behilflich war. Am späten Vormittag erreichten sie beide das alte Zuhause in Magdeburg. Das Einladen der Einrichtungsgegenstände aus dem Wohnzimmer, der Küche und dem Bad dauerte nicht sehr lange, auch wenn die beiden Möbelträger vier Treppen auf und ab traben mussten. Was Martina und Stefan nicht mehr benötigten, überließen sie Martinas Schwester, die die Wohnung weiter bewohnen wollte. Als alles verstaut war, fuhr Christian zu seinen Eltern. Die junge Familie zog es vor, bei Martinas Eltern die letzte Nacht in Magdeburg zu verbringen.

Am Sonntagmorgen kam Christian mit dem Lkw bei Stefans Schwiegereltern vorbei. Dort packten sie Martinas ehemaliges Kinderzimmer für Benjamin in den Lkw. Während die junge Familie im Ford nach Syke fuhr und sehr aufgeregt auf das neue Heim war, fuhr Christian mit dem Lkw hinterher. In der Mittagshitze luden sie den Wagen aus und verfrachteten alles erst einmal ins neue Wohnzimmer. Viel Zeit blieb ihnen jedoch nicht.

Ohne eine Pause zu machen, eilten Stefan und Christian nach Achim, um eine große Küche, die Stefan für 300 DM günstig bei Kleinanzeigen gefunden hatten, abzubauen, zu verladen. Während sie ihren schweißtreibenden Tätigkeit verrichteten, feierten die Vorbesitzer im Grünen eine Familienfeier.

Am späten Nachmittag war auch die Küche ausgeladen. Stefan hatte von einer Bekannten seiner Oma Klebefolie in Eiche hell geschenkt bekommen, womit er die Türen der Schränke neugestaltete. In dieser modernen Optik passten sie gut in die große Küche mit dem wunderbareren Panoramafenster. Die gebrauchte Essecke von Omas Nachbarn ergänzte die Einrichtung der neuen Küche hervorragend.

Stefan hatte noch ein Woche Umzugsurlaub. Diese Zeit war notwendig, um das Haus zu renovieren. Stefan hatte bereits vor dem Einzug die Diele und den oberen Korridor mit weißer Strukturtapete versehen. Bevor im Schlafzimmer der neue Schwebetürenschrank einziehen durfte und das neue Bett aufgebaut werden konnte, sollte auch dieser Raum mit einer neuen Tapete versehen werden.

Nach dem Frühstück am nächsten Tag fuhren die drei in ein Bremer Fachgeschäft, suchten Tapeten und Teppichböden aus. Da das Verlegen für nur einen kleinen Aufpreis inklusive war, gönnten sie sich das, zumal der Teppich noch in derselben Woche geliefert und verlegt werden sollte.

Beim aller ersten Hahnenschrei des nächsten Tages fing Stefan an, die hochwertige Tapete in hellen Blau- und Silbertönen zuzuschneiden. Beim ersten Anhalten bemerkte er, dass das Muster einen Versatz hatte. So ein Mist! Eine Rolle hatte er somit verschnitten. »Diese Bahnen«, so dachte er, »klebe ich an die Wand, wo der Schrank hinkommt.«

Nachdem Stefan die restlichen Bahnen korrekt geschnitten hatte, rührte er den Tapetenleim an und begann sie, an die Wand zu kleben. Das machte er am liebsten ganz allein, wie er es von seinem Vater gelernt hatte: Tapetenbahn einleimen, dann die obere Seite kurz umschlagen, die untere Seite lang umschlagen, rauf auf die Leiter. Das obere Stück exakt bis an die Deckenkante kleben, ausloten, dann nach unten rechts und links mit der Tapezierbürste glattstreichen, so dass keine Falten entstehen konnten. Bahn für Bahn ließen das Zimmer in seinem neuen Design erblühen. Am späten Nachmittag, als Stefan seine Arbeit verrichtet hatte, präsentierte ihm Martina ein leckeres Essen.

Als Stefan in die Küche eintrat, war Martina mit dem Kochen fertig und Benjamin hatte den Tisch gedeckt.

»Bist du fertig mit dem Tapezieren?« fragte Martina.

»Ja, es sieht großartig aus. Gleich nach dem Essen kannst du die Abnahme vollziehen«, antwortete Stefan.

»Darf ich dir beim nächsten Mal helfen, Papa?«, fragte Benjamin.

»Morgen tapezieren wir dein Zimmer. Da kannst du mir zur Hand gehen, Großer.«

Martina stellte das Essen auf den Tisch: Kartoffelpüree, Sauerkraut und Bratwürste. Nachdem sie sich an den Tisch gesetzt hatte, sagte sie zu den beiden: »Guten Appetit, Männer! Lasst es euch gut schmecken!«

»Mein Bauch ist so leer. Er brummt wie ein Bär. Er brummt wir ein Brummer: Guten Hunger!«, lachte Stefan und Benjamin stimmte mit ein.

»Morgen kommt Benjamins Zimmer dran. Am Donnerstag kommt der Teppichboden für das Schlafzimmer. Dann können wir die neuen Betten aufbauen. Und am Freitag kommt der neue Schrank. Dann haben wir schon viel geschafft.«

»Ich freue mich schon auf mein neues Zimmer. Dann kann ich endlich auch mein Spielzeug auspacken«, sprach Benjamin schmatzend seine Freude aus.

»Und ich freue mich auf das neue Bett«, sagte Martina.

»Ich auch! Ich freue mich so sehr, dass wir endlich alle wieder zusammen sind«, ergänzte Stefan und fuhr fort, »unser Bad wird wohl erst in zwei, drei Wochen fertig sein. Die Vermieterin hat angeboten, dass wir zum Duschen zu ihnen kommen können.«

»Da fahre ich liebe zu Oma«, sagte Martina.

»Oh ja, wann fahren wir zu Oma duschen?«, interessierte sich Benjamin.

»In der Gästetoilette können wir zumindest Katzenwäsche machen. Gut, dass wir wenigstens ein stilles Örtchen haben«, zwinkerte Stefan mit den Augen.

»Wisst Ihr was?« sprach Stefan, »Wenn wir in dieser Woche noch so richtig viel schaffen, dann werden wir am Wochenende etwas unternehmen. Was haltet Ihr davon?«, begeisterte Stefan seine Familie.

»Was denn?«, fragte Benjamin.

»Was meint Ihr, wenn wir ins Freibad gehen? Es ist hier gleich um die Ecke«, grinste Stefan in die Runde.

»Toll! Mama, wo ist meine Badehose?«, fragte Benjamin.

»Wenn wir deine Sachen alle ausgepackt haben, werden wir sie sicherlich finden«, antwortete ihm Martina.

Die Woche verging wir im Fluge. Am nächsten Tag renovierten Vater und Sohn mit viel Spaß das Kinderzimmer, bauten die Möbel auf und räumten die Sachen in die Schränke. Tags darauf verlegte Stefan noch die vom Vermieter bereit gestellten Bodenfliesen aus Ziegenhaar im oberen Korridor. Am Donnerstag kam die Lieferung des Teppichbodens für das Schlafzimmer. Der Monteur legte den Teppich hin, nahm ein Cuttermesser zur Hand, machte mehr oder weniger vier Schnitte – und fertig. Stefan staunte und ärgerte sich ein wenig, dass er dafür nun 60 Mark aufgewandt hatte. Später baute er gemeinsam mit Martina das neue Bett auf, indem sie die erste gemeinsame Nacht seit längerer Zeit verbringen sollten.

Diese erste Nacht im neuen Bett war unbeschreiblich. Langsam öffnete Stefan die Augen. Seine Liebste schlummerte noch in seinen Armen. Sie fühlte sich sicher und geborgen. Stefan blickte verliebt seine ruhende Venus an und dachte gleichzeitig an die vergangene Liebesnacht, so dass ihm ein angenehm warmes Kribbeln durch die Körper rauschte. Sein Augen leuchteten vor Freude. Danach küsste er seine Liebste sanft auf die Wange und schlich hinaus, um Brötchen zu holen und den Frühstückstisch zu decken.

Noch nicht einmal fünf Minuten trennte die junge Familie vom Freibad in Syke. Am Sonntag schlenderten sie gemütlich ins schöne Waldbad. Das Bad befand sich im Friedeholz in unmittelbarer Nähe zum Kreismuseum. An einem herrlichen Sonntag in den Ferien war dort natürlich viel Betrieb. Die Suche nach einem geeigneten Liegeplatz folgte. Schließlich hatten sie die perfekte Stelle gefunden und alles abgelegt. Noch ahnten sie nicht, dass sich neben ihnen bald eine Gruppe Jugendlicher niederlassen würde und sie die entspannte Ruhe gegen lautes Lachen eintauschten müssten. Benjamin sprang sofort ins Wasser hinein. Martina und Stefan errichteten das Lager für den Tag: Für jeden lag ein großes Handtuch auf der Wiese, Wasserball, Spiele und ein Kreuzworträtsel. Sie schwammen, rutschten, lachten und genossen in der Cafeteria Pommes Frites und Eis, kosteten den ganzen Sommer mit seiner hellen Augustsonne mit allen Sinnen aus. Der Tag im Freibad endete für die junge Familie, als die Sonne hinter den Bäumen verschwand - nach vielen glücklichen Stunden im Wasser mit komplett schrumpeligen Händen und Füßen, blauen Lippen und einem großen Handtuch, in die der Sohn letztendlich eingewickelt wurde.

Zu Stefans Geburtstag wurde die neue Couchgarnitur eingeweiht, teils aus massivem Nussbaum mit seitlich ausgestellten Armlehnen und verzierten Füßen mit einem wunderbar klassischem Muster und einem Couchtisch mit einer schweren Marmorplatte – genau nach dem Geschmack von Stefans Mutter, die das Ensemble für 7000 Mark in einem Möbelgeschäft entdeckt hatte und sich sofort darin verliebte. Martina und Stefan gefiel es auch. Doch der Preis! In der Euphorie hört man bekanntlich nicht richtig. Und so verstand Stefan nur, dass er null Prozent Zinsen zahlen sollte. Was er nicht vernahm, war, dass diese null Prozent nur für das Vierteljahr Zahlpause galt. Danach sollte er den kompletten Betrag oder bei einer Finanzierung elf Prozent Zinsen zahlen. Aber das erfuhr er erst nach besagtem Vierteljahr.

Der 3. Oktober 1990 wurde zum Feiertag gekürt. Aber warum gerade dieses Datum? Am 23. August 1990 um drei Uhr morgens hatten die Abgeordneten der Volkskammer der DDR mit großer Mehrheit für den Beitritt der Deutschen Demokratischen Republik zur Bundesrepublik Deutschland zum 3. Oktober 1990 gestimmt. Alles ging holterdiepolter, da für die gesamtdeutsche Bundestagswahl Fristen eingehalten werden mussten, zum anderen mussten beide Regierungen die Konferenz der Außenminister aller KSZE-Mitgliedstaaten am 2. Oktober 1990 in New York abwarten. Die Minister begrüßten das Zwei-Plus-Vier-Abkommen zwischen den beiden deutschen Staaten und den vier Siegermächten des Zweiten Weltkriegs. Die Außenminister begrüßten die dortigen Vereinbarungen bezüglich Deutschland und stellten fest, dass es sich um einen historischen Schritt in Richtung eines vereinten und freien Europas handle. Die Minister waren sich einig in der Anerkennung der Deutschen Vereinigung als wichtigen Beitrag zur Stabilität, Zusammenarbeit und Einheit in Europa.

Martina und Stefan sahen sich im Fernsehen die Rede des Bundespräsidenten Richard von Weizsäcker an: »In der Präambel unserer Verfassung, wie sie nun für alle Deutschen gilt, ist das Entscheidende gesagt, was uns am heutigen Tag bewegt: In freier Selbstbestimmung vollenden wir die Einheit und Freiheit Deutschlands. Wir wollen in einem vereinten Europa dem Frieden der Welt dienen. Für unsere Aufgaben sind wir uns der Verantwortung vor Gott und den Menschen bewusst. Aus ganzem Herzen empfinden wir Dankbarkeit und Freude – und zugleich unsere große und ernste Verpflichtung. Die Geschichte in Europa und in Deutschland bietet uns jetzt eine Chance, wie es sie bisher nicht gab. Wir erleben eine der sehr seltenen historischen Phasen, in denen wirklich etwas zum Guten verändert werden kann. Lassen Sie uns keinen Augenblick vergessen, was dies für uns bedeutet...«

»Irgendwie hatte ich mir das alles anders vorgestellt«, begann Stefan, »Ich fühle mich in der Bundesrepublik nicht zuhause. Ich bin schließlich gelernter DDR-Bürger! Wer fragt uns jetzt noch, was wir uns vorstellen, wovon wir träumen und was wir uns wünschen?«

»Im Grunde wünschten wir uns einfach nur eine Verbesserung der politischen und persönlichen Umstände. Und nun bekommen wir alle, ohne dass man uns wirklich fragt, eine völlig andere Gesellschaft aufgepfropft, in der alles, was an Eigenem war und entwickelt wurde, systematisch ausgemerzt wird. Unsere Verfassung wird nun einfach auf den Müll der Geschichte geworfen.«

»Dafür dürfen wir durch die ganze Welt reisen, im Winter Weintrauben essen und sagen, was wir denken, okay. Und die Wohnkosten fressen ein Drittel unserer Einkünfte auf. Plötzlich spielen Steuern eine Rolle und die Bürokratie ist noch dreimal schlimmer als früher. Die Umwelt ist so wichtig geworden, dass eine Menge neuer Autobahnen gebaut werden«, gab Stefan zu Bedenken.

»Irgendwie fehlt mir die Herzlichkeit und der Zusammenhalt zwischen den Menschen. Natürlich müssen alle arbeiten und Geld verdienen. Es geht schließlich ums Überleben. Das Schlimmste ist, dass die Zeit so schnell vergeht wie bei Momo und den grauen Männern. Es ist, als hätte alle ihre Fantasie verloren. Ja, man kann kaufen, was das Herz begehrt, falls man das Geld dazu hat. Haben, haben, haben war wohl einer der wichtigsten Gründe für die Wiedervereinigung. Die Konzerne wollen unsere Wirtschaft haben und die Bürger wollen nur noch kaufen, kaufen, kaufen. So besitzen sie etwas, haben aber keine Zeit mehr, es zu genießen. Wirklich zufrieden ist kaum jemand. Ist es nicht eher umgekehrt, dass man zufrieden ist, wenn man anderen Menschen etwas Gutes getan hat?«

»So sehe ich das auch, Martina« antwortet Stefan, »im Grunde sind wir vom Regen in die Traufe gekommen. Die Menschen entfernen sich von einander, weil jeder nur noch um seine Existenz kämpfen muss. Und was ist mir der Kultur? In den Kinos laufen Horrorfilme und samstags gibt es Brot und Spiele. Alles dreht sich nur ums Geld. Gab es zum Sozialismus der DDR nur das bundesdeutsche System als Alternative? Haben wir den richtigen Zeitpunkt irgendwie verschlafen? Hätten wir denn Arbeitslosigkeit, Unsicherheit und Ausbeutung abwenden können, um sie einzutauschen gegen wirkliche Freiheit statt McDonald's und Pepsi?«

»Wir können es nicht ändern. Also lass uns nicht verzweifeln, sondern das Beste draus machen. Schön, dass du am heutigen Mittwoch zuhause bist!«

Im Laufe des Jahres erhielt das Bücherzimmer zwei Regale. Sie ersetzten Stefans alten Bücherschrank, warteten geduldig darauf, gefüllt werden. Stefan beschloss deshalb, dem Bertelsmann Club beizutreten. So bekamen seine Bücherregale zumindest jeden Monat ein Buch zur Nahrung.

»Ein Raum ohne Bücher ist ein Körper ohne Seele«, bemerkte Cicero schon vor über zweitausend Jahren. In eine Buchhandlung oder in eine Bibliothek einzutreten, erweckte in Stefan das Gefühl, sich mit einer Fülle von Seelen zu umgeben. Aus Regalen starrten sie ihn zu Tausenden an, wisperten, raunten, flehten ihn an. Argwöhnisch verfolgten sie seinem Lauf durch die Reihen. Wohin ging er? Wen wählte er? Schreiend hörte er sie flehen: »Hier, hier bin ich! Nimm mich!« Ehrfurchtsvoll nahm er das bedruckte Papier in die Hand, las einige Zeilen. Schauer liefen über seinen Rücken. Sein Riecher schnüffelte den narkotisierenden Geruch von Druckerschwärze. Buchstaben tanzten ausgelassen Kasatschok, übten eine magische Wirkung auf ihn aus, versetzten ihn in den Zustand einer entrückten Welt, ließen ihn eintauchen in ferne Epochen und Landschaften. Alles um ihn herum entschwand, verflüchtigte sich in einer verschleiernden Nebelbank. Kapitän

Ahab hielt Ausschau nach Moby Dick. Dschingis Khan ritt mit seinen wilden Horden gen Westen. Hedin durchquerte Tibet, Amundsen die eisigen Wüsten, Hemingway die grünen Hügel Afrikas. Und Stefan war dabei, erlebte, was sie erlebt hatten, sah, was sie gesehen hatten, fühlte, was sie gefühlt hatten. Für einen Augenblick durchquerte er auf seiner Reise die Ozeane menschlicher Leidenschaften. War das nicht großartig? Und wenn man ihn fragte, warum er reise, antworte er: »Ich weiß wohl, wovor ich fliehe, aber auch nicht, wonach ich suche.« Lesen war schon immer ein Abenteuer für ihn. In seiner Kindheit sogar ein Doppeltes. Mit der Taschenlampe heimlich unter der Bettdecke und mit der Angst, erwischt zu werden durchs wilde Kurdistan. Doch er war niemals allein, denn all die Helden begleiten ihn auf seinen Abenteuern.

Als er noch klein war, hatte er ein Bücherbrett für seine Abenteuergeschichten von Jules Verne und Jack London, und dieses Brett wuchs mit ihm, wurde zum Regal, dann holte es ihn ein und wuchs über ihn hinaus. So sparsam er auch war, so wenig Geld er auch zur Verfügung hatte, ein gutes Buch zu kaufen, bereute er nie. Heute freute er sich manchmal, ein Buch einfach zu besitzen, auch wenn er keine Zeit hatte, es zu lesen. Bücher breiteten sich in seiner Wohnung aus wie wuchernder Efeu.

Seine Frau versuchte gegen seine Sucht anzukämpfen, aber sie unterlag meist. Selbst in schlechtesten Zeiten, erwarb er eher ein Buch als ein Brot. Die Bücher stapelten sich in Regalen, breiteten sich aus auf Tischen und Betten, häuften sich auf dem Fußboden. Er brauchte nur einmal aus dem Haus zu gehen, da hatten die Bücher schon wieder eine Position erobert. Eines Tages wird seine Frau nach Hause kommen, dann werden die weitere Bücher auch die Speisekammer okkupiert haben. Insgeheim schwebte ihm vor, wie er allmählich von seinen Büchern begraben werde. In tausend Jahren wird man ihn, vielleicht plattgedrückt, aber wohl mumifiziert unter einem

Berg von Büchern finden, die darauf warten werden, von ihm gelesen zu werden.

Vor dem Weihnachtsfest staubten die beiden noch sehr günstig einen Wohnzimmerschrank aus Nussbaum von einer Bekannten ab. Oma spendierte einen perfekten Weihnachtsbaum aus ihrem Garten. Selbstverständlich wurden Christian und die Oma auch zum ersten Weihnachtsfest im Westen eingeladen. Die Traditionen aus der Vergangenheit blieben ihnen aber enthalten: Am Heiligabend gab es Kartoffelsalat mit Würstchen und zum ersten Feiertag Braten mit Thüringer Klößen und Rotkraut. Benjamin bekam eine Spielkonsole von Nintendo mit Super Mario und Tetris. Und als er irgendwann ins Bett musste, spielten Stefan und Christian die halbe Nacht zusammen wie die Kinder Tetris und leerten dabei ein Flasche Whisky, ohne über das dritte Level hinaus zu kommen.

Während Martina im ersten Jahr zuhause blieb, sich um den Sohn und das Haus kümmerte, etablierte sich Stefan in seiner Tätigkeit als Einrichtungsplaner. Die Arbeit bereitete ihm viel Freude, er wurde von seinen Kollegen anerkannt und bald darauf zum Projektleiter Qualitätssicherung ernannt. Jeden Morgen kreiste er entweder mit Helmut oder allein durch die Montagehalle, um zu überprüfen, wie es lief und um gegebenenfalls Wünsche und Anliegen entgegen zu nehmen. So war er auch dort ein gern gesehener Gast, zumal er die Anliegen der Meister, gemeinsam mit Fremdfirmen, in die Tat umsetzte. Einmal gelang ihm etwas Großartiges. Eine Abteilung benötigte Transportbehälter, die normalerweise aufwändig und teuer hergestellt wurden. Stefan fand eine kostengünstige und schnelle Methode, diese zu ersetzen. Bereits nach wenigen Tagen konnten die Kollegen darüber verfügen, und sie waren ihm sehr dankbar dafür.

Das erste Jahr war wie im Flug vergangen. Zum ersten Mal in seinem Leben musste Stefan eine Steuererklärung machen. Bisher hatte das leidige Thema Steuern keine Bedeutung für ihn. Auch damals hätte er sich gern erfolgreich davor gedrückt. Doch die Aussicht, den größten Teil seiner Steuern aus dem ersten Jahr erstattet zu bekommen, ließ ihn in den fraglichen Genuss kommen, sich diese Arbeit zu machen. Trotz der kompliziert gestalteten Erfassungsbögen war sie nicht so eine schwere Geburt, wie gedacht. Seine ermittelte Steuererstattung sollte schließlich den ersehnten Familienurlaub finanzieren.

Berge und Meer

Im Sommer 1991 erfüllte sich für Stefan ein lang ersehnter Traum. Zum ersten Mal erlebten er mit seiner Familie die atemberaubende Schönheit der Alpen im Berner Oberland. Lauterbrunnen vereinte so ziemlich alles, was die Schweiz ausmacht: großartige Naturschauspiele vor alpiner Kulisse, Postkartendörfer, einsame Wanderwege und vor allem die Gletscher der Alpen. Dort hatte Stefan den Campingplatz Jungfrau ausgesucht. Hier fanden sie die Gleichgesinnten, die Abenteurer und die Ruhesuchenden, die, die Natur und ihr Schönheit erkundeten und entdecken wollten.

Damals wie heute ließ sich die Faszination der Berge kaum in Worte fassen. Die Glücksgefühle erreichten neue Grenzen, schenkten ihnen die schönsten Augenblicke und konnten dennoch für furchterregende sowie unheimliche Momente sorgen. Nach einer Bergtour kamen sie als neue Menschen zurück - als Menschen, die neue Erfahrungen gemacht, neue Orte entdeckt und viele Anstrengungen erlebt hatten.

Der Staubbachfall stürzte sich fast 300 Metern vom Felsen. Warme Winde wirbelten das Wasser durcheinander, so dass es wie feiner Staubregen in alle Richtungen aufgewirbelt wurde. Schon Johann Wolfgang von Goethe ließ sich 1779 durch die Poesie des Staubbachfalles inspirieren und schrieb das Gedicht *Gesang der Geister über den Wassern*, dass den markanten

Wasserfall am Eingang des spektakulären Lauterbrunnentals in den Berner Alpen im Kanton Bern zu Weltruhm verhalf. Als Stefan näherkam, war ihm, als würde er unter dem Rasensprenger hindurch laufen. An einer anderen Stelle des Tales donnerten die Trümmelbachfälle über zehn Kaskaden durch das Berginnere. Diese größten unterirdischen Wasserfälle bestehen aus dem Schmelzwasser des Jungfraugletschers. Bei ihrem Besuch waren die zehn Kaskaden besonders eindrücklich, denn bis zu 20.000 Liter Wasser pro Sekunde trommelten durch die Schlucht.

Auf ihrer Wanderung von Lauterbrunnen nach Stechelberg passierten sie den Mürrenbachfall, den mit 417 m höchsten Wasserfall der Schweiz. Fast am Ende des Dorfes gelegen, wurden sie freundlich im rustikalen Restaurant empfangen. Es war auch mittags von Einheimischen gut besucht. Die Forelle Müllerin Art war einfach fantastisch frisch und lecker, als wäre sie soeben aus dem Teich nebenan geangelte worden.

Von Lauterbrunnen führte eine Standseilbahn hinauf zur Grütschalp. Von dort zockelte eine Schmalspurbahn in den autofreien Ort Mürren, hoch über dem Stechelbergtal. Der Ausblick auf das gegenüberliegende Wengen, auf die Kleine Scheidegg, auf die Gipfelkette von Eiger, Mönch und Jungfrau war einfach überwältigend. Mürren war der endgültige Abschied von Hektik und Lärm. Hier konnten sie abschalten und eintauchen in die Atmosphäre eines autofreien Bergdorfes mit seinen traditionellen Chalets.

Nach einer kurzen Fahrt mit der Gondelbahn erreichten sie den Gipfel des 2970 m hohen Schilthorns. Dort tauchten sie in die Welt der Spionage ein. Das Drehrestaurant Piz Gloria bot eine Ausstellung über die Dreharbeiten des James Bond Films »Im Geheimdienst Ihrer Majestät« und einen atemberaubenden Ausblick auf die Bergwelt. Große Heiterkeit löste bei ihnen ein Verkehrsschild an der Terrasse aus: Stöckelschuhe verboten!

Die Zugfahrt von Lauterbrunnen zur Kleinen Scheidegg war

zweifellos eine der schönsten und beeindruckendsten Strecken, die die drei Urlauber je erlebt hatten. Hier begann der spektakulärste Teil der Fahrt zum Jungfraujoch. Stefan gefiel es, dass sich die Fenster für Bilder mit der Kamera öffnen ließen. Ihn beeindruckte, wie der Zug innerhalb kürzester Zeit große Höhenmeter gewann. Die maximale Steigung betrug erstaunliche 25 Prozent. Die erste Station auf dem Weg zur Kleinen Scheidegg war Wengen. Dieses pittoreske Schweizer Alpendorf im Berner Oberland war bekannt für seine Holzchalets und Jugendstilhotels. Wenig später blickten sie nach einigen Kehren tief nach Wengen hinunter. Nach ein paar weiteren Kurve überraschte sie der Ausblick auf Eiger, Mönch und Jungfrau. Stefans Traum ging in Erfüllung. Neben dem Eiger (3.967 Meter) lagen der Mönch (4.107 Meter) und danach die Jungfrau (4.158 Meter). Das Dreigestirn in den Berner Alpen. Wenig später erreichten sie die Kleine Scheidegg auf 2.061 Meter über dem Meer. Wohlüberlegt war dort eine Pause eingegliedert, um die atemberaubend Aussicht auf die berühmte Eiger Nordwand genießen zu können. In einem Sportgeschäft erwarben Stefan und Martina ihre ersten dicken Fleece Pullover.

Vor ihnen lagen noch 11 Kilometer mit der Jungfraubahn. Davon verliefen sieben Kilometer im Berg durch einen Stollen. Ein Höhenunterschied von 1.400 Meter musste vom Zug überwunden werden. Nach einem letzten Blick auf die Berge und Gletscher tauchte die Bahn in den Berg ein. Tiefe Dunkelheit umgab sie von nun an. An der Station Eigerwand inmitten der Eiger-Nordwand stoppte der Zug zum ersten Mal für wenige Minuten. Von dieser Station hatten sie einen spektakulären Ausblick über den Abgrund mitten aus der Eigernordwand in Richtung Grindelwald. Am Eismeer hielt der Zug ein zweites Mal für einige Augenblicke. Durch die Felsenfenster, die in den Berg geschnitten waren, blickten sie auf die bläulichen und zerfurchten Eisblöcke des Gletschers und die Gipfel der Viertausender.

Der Endbahnhof befand sich auf 3.454 Meter Höhe. Noch nie hatte einer aus Stefans Familie ein solches Höhenniveau erlebt. Sie verließen den Bahnhofstunnel und traten in eisigen Höhen in die dünne Luft der Gipfelregion. Bereits nach den ersten Schritten spürten die drei: Das hier war eine andere Welt. Eine, die man erlebt haben muss.

Stefan hatte eine kleine Tour mit dem Ziel der Mönchsjochhütte geplant. Vom Ausgang des Bahnhofs verlief die Route quer über den Jungfraufirn. Es war eisig. Die Schuhe knirschten im Schnee. Der Nebel des Grauens legte sich wie ein kühler Mantel um die Wandernden. Die Sicht betrug nur wenige Meter. Holzstangen markierten in regelmäßigen Abständen den breiten, sicheren Weg. Die Höhe war gut zu spüren. Atmen und Gehen war anstrengend, obwohl die Tour ohne große Höhenunterschiede verlief. Nach einiger Zeit begann Martina zu klagen. Sie hatte nur Kniebundhosen an und der Frost zwickte sie in die Waden. Stefan munterte sie auf, obwohl er keine Orientierung hatte, fühlte er, dass die Hütte nicht mehr weit sein konnte. Als sie die Fahne passierten, die den Zugang zum Ostgrat auf den Mönchsgipfel markierte, riss die Wolkendecke auf und präsentierte nicht weit entfernt die Hütte wie ein Adlerhorst im Mönchsjoch zwischen Eiger und Mönch im strahlenden Sonnenschein. Die Aussicht von dort oben war fantastisch, die Getränke heiß und belebend, die Kälte und der Nebel vergessen, das Glücksgefühl extrem und nach außen sichtbar.

Am Abend zogen erneut dunkle Wolken ins Tal, setzten sich fest und weinten bittere Tränen – wie fast jeden Abend. Alle Sachen im Zelt waren schon klamm von der feuchten Luft. Stefan kam auf die sagenhafte Idee eines Ortswechsels. Nur wohin? Er schaute auf die Wetteraussichten in der Zeitung und stellte fest, dass am Mittelmeer die Sonne stabil lachte. Côte d'Azur oder Adria – das war nun die Frage. Nach San Remo wäre es zweifelsfrei kürzer als nach Jesolo. Stefan beschloss deshalb, seinen Vorschlag der Familie vorzulegen, um darüber abzustimmen.

»Was haltet ihr davon, morgen das Zelt hier abzubrechen und in den Süden ans Meer zu fahren«, schlug er nach seiner Rückkehr vor.

»Oh ja, baden gehen!«, rief Benjamin aus.

»Du meinst, einfach in den Sand setzen, die Augen schließen, die Seele baumeln lassen und den Wellen zuhören«, sagte Martina. »Da bin ich dabei«

»Côte d'Azur oder Adria?«, fragte Stefan.

»Hauptsache Meer«, lachte Benjamin.

»Was meinst du?«, fragte Martina.

»Jesolo liegt in der Nähe von Venedig«, antwortete Stefan.

»Einmal auf dem Markusplatz sitzen, das typische Dolce Vita Italiens verspüren mit seinen Restaurants, Cafés, Bars und vielen Straßenkünstlern und Musikern und dabei einen Cappuccino trinken«, begann Martina zu schwärmen.

»Also, abgemacht, morgen packen wir das Zelt zusammen und fahren nach Italien!«, verkündete Stefan.

»Wir fahren nach Italien! Wir fahren nach Italien!«, sang Benjamin fröhlich.

»Komm ein bisschen mit nach Italien. Komm ein bisschen mit ans blaue Meer. Und wir tun, als ob das Leben eine schöne Reise wär«, fiel Stefan ein alter Schlager von Caterina Valente ein.

Am nächsten Tag verstauten sie das Zelt, fuhren das Lauterbrunnental hinab zum Brienzer See, stiegen über Meiringen hinauf zum Sustenpass. Die Passstraße begann am Ortsrand von Innertkirchen und bog dort gen Osten ab. Energiegeladen kraxelten sie durch das reizvolle Gadmertal die Serpentinen hinauf. 23 Kehren auf 45 Kilometern waren nicht nur eine Herausforderung für Stefan, sondern boten auch eine

Menge Fahrspaß. Auf der Passhöhe in 2224 Metern überraschte sie beim Berggasthaus der Anblick des Steingletschers. Nach dem Gipfeltunnel schossen sie in einer prächtigen Kurvenhatz hinunter nach Wassen. Wenig später tauchten sie ein in die Finsternis des 15 km langen Gotthard Tunnels. Von Bellinzona aus überraschte sie ein Panoramablick auf den Lago Maggiore. Als Nächstes kurvten sie gemächlich am Luganer und Comer See vorbei in Richtung Mailand. Dort schwangen sie sich auf die Autobahn in Richtung Venedig. Drei Stunden später erreichten sie den Campingplatz in Jesolo. Die Gebühren für den fünfundzwanzig Quadratmeter Stellplatz kosteten so viel wie die Miete für ihr Haus daheim in Syke. Dafür gab es für sie feinen Sandstrand, Meer und den ganzen Tag strahlenden Sonnenschein gratis.

Über dem Campingplatz lag ein beißender Geruch. Ein äußerst wirksames Mückentötolin war in den vergangen Stunden zur Vernichtung ausgebracht worden. Es war, es würden Millionen von Mückenleichen auf dem Boden liegen.

Das Zelt war schnell aufgestellt. Alle waren hungrig und hatten Lust auf Meer. Sie schnappten sich die Badesachen, stürzten sich in eine Pizzeria, verschlangen jeder eine köstliche Pizza und stürmten später an den Strand.

Die Wellen küssten zärtlich das Ufer, die Luft roch nach Meer, die Sonne ließ die Wellen wie Diamanten glitzern und der heiße Sand gab unter ihren Zehen nach. Vor ihren Augen eröffnete sich diese unendliche Weite. Ihre Herzen schlugen einen glücklichen Takt. Das Meer rief: Seid willkommen, Fremde. Kommt herein und kühlt euch ab!

Hinein! Hinein ins Glücksgefühl! Im Meer verspürten sie eine maßlose Freiheit und eine liebevolle Geborgenheit zugleich. Die Trennlinie zwischen Leib und Meer schien zu schwinden. Stefan fühlte sich allein, aber nicht einsam, und er konnte abtauchen, den Alltag abstreifen wie die Haut einer Schlange. Es war, als bewegte er sich selbst in einer riesigen Schüssel von

Juwelen, um seine Sinne völlig neu zu entdecken. Vor Freude schrie er laut auf, brüllte seine Lebendigkeit hinaus und lachte wie ein irrer Pavian. Und niemand schien es zu bemerken. Nun hatte es das Schicksal es so eingerichtet, dass er in einem Meer aus Glück badete. Er wurde davon regelrecht überspült, wie von einem Tsunami überrollt, völlig aus der Bahn geworfen, so dass er gar nicht mehr wusste, wo oben und unten war. Ganz eingehüllt in diesem warmen Gefühlsmeer tauchte er unter, ließ sich fallen und wurde getragen.

Zurück am Strand bemerkten sie erst, welche Ausmaße dieser hatte. Fast einhundert Meter Sand bis zum Meer. Wie weit sich der goldene Sandstrand in beide Richtungen ausbreitete, war nicht abzusehen. Jesolo, der zweitgrößte Badeort Italiens, zeigte sein lautes, überlaufenes, das nach Sonnencreme und Pommes frites riechende Gesicht mit seinem Ölsardinen-Charakter. Mama Mia! Marmelade Bambino. Presto, presto, Italiano! Stefan musste selbst über seine Italienisch Kenntnisse lachen.

Der Abendspaziergang durch Lido di Jesolo war eine angenehme und entspannende Erfahrung. Sie starteten von der Piazza Mazzini aus, dem pulsierenden Herzen der Stadt, wo sich am Abend das Leben tummelte, flanierten vorbei an charmanten Ständen, Geschäften und Straßencafés. Weiter ging es über die Via Andrea zur Piazza Brescia, einem bezaubernden Platz mit einem zentralen Brunnen und Bäumen, die an heißen Sommertagen angenehmen Schatten spendeten. Zur Abkühlung probierten sie an einer der zahlreichen Eisdielen eine Portion Gelato, bevor sie den Rückweg zum Campingplatz antraten.

Der nächste Tag am langen Sandstrand von Jesolo überwältigte die junge Familie mit seinem unglaublichen Urlaubsmotiven, bunten Sonnenschirmreihen, kleinen weißen Badehäuschen, der blauen Adria und der italienischen Sprache. So tauchten die drei nicht nur in das kühlende Mittelmeer, sondern auch in die italienische Sprache ein. Wo immer sie auch hinreisten, die wichtigsten Vokabeln waren stets parat: Buongiorno, buona sera, due cappuccini, per favore, grazie, Spaghetti alla bolognese, pizza al tonno. Für Stefan erwies sich das Italiano als ein der schönsten und musikalischsten Sprachen, die er bisher gehört hatte. Allein ihr Klang ließ ihn an schöne Frauen, gutes Essen, Kunst und mediterrane Küche denken.

Der Strand war sorgfältig gereinigt und bot einer illustren Menschenmenge aus halb Europa Sand und Sonne, was diesem Ort sein wundervoll lebendiges Gefühl verlieh. Irgendwie erinnerten diese Armeen von Sonnenschirmen und Liegen und die vielen Urlauber an den Heinz Erhard Film: »Das kann doch unsern Willi nicht erschüttern«. Doch am frühen Morgen kam ein besonders magisches Sommergefühl auf, als sie den Strand im goldenen Licht der Sonne mit nur wenigen Sonnenanbetern teilten.

Nur eine knappe Stunde Fußweg trennte sie vom Schiffsableger Punta Sabbioni. Von hier aus fuhren sie mit der Fähre am nächsten Morgen in einer knappen dreiviertel Stunde nach Venedig. Schon ein paar Minuten später ließ das Schiff die Mündung der Lagune hinter sich und fuhr aufs Meer hinaus. Kurze Zeit darauf zeigte sich die markante türkisfarbene Kuppel des Votivtempels nahe dem Hafen von Venedig Lido. Einst fand dieser luxuriöser Badeort seine literarische Erwähnung in Thomas Manns Novelle »Tod in Venedig«. Auch in diesem Sommer war der Lido ein beliebter Strand und angenehmer Zwischenstopp zwischen Venedig und Punta Sabbioni. Nette Lokale und Geschäfte luden zum Shoppen und Verweilen ein.

Bald nach Ablegen von der Zwischenstation eröffnete sich das berühmte Panorama von Venedig – der Serenissima: In der Mitte San Marco und der Dogenpalast. Bis heute weiß man nicht genau, warum Venedig »la Serenissima – die Erhabene« genannt wird, obwohl die populärste Theorie besagt, dass dies mit der Figur des Dogen zusammenhängt.

Es dauerte nicht lange, da erreichten Martina, Stefan und Benjamin die Anlegestelle »San Marco – San Zaccaria«. Von hier aus waren es nur etwa 500 Meter bis zum Markusplatz. Auf dem Weg dorthin begegnete ihnen auch gleich eine der berühmtesten Attraktionen Venedigs: die Seufzerbrücke. Eine kleine, fast unscheinbare Brücke zwischen Dogenpalast und dem historischen Gefängnis. Nicht weit vom Dogenpalast betraten sie den berühmten Markusplatz, wo die Basilica San Marco ihre Kuppeln in den Himmel streckte, hier am Mittelpunkt der Lagunenstadt. Nichte weit davon erhob sich der Torre dell'orologio - der Uhrturm von San Marco aus der Renaissance. Der einzigartige Zauber des Markusplatzes wurde stets besungen und gefeiert. Wer große Menschenmassen mag, war hier genau richtig. Irgendwie musste sich Stefan an den Ausspruch: Venedig sehen und sterben erinnern, der mit dem Film »Wenn die Gondeln Trauer tragen« zusammenhing.

Die ewige Stadt der Liebe wurde Venedig genannt. Was machte sie aber zu einer der romantischsten Städte der Welt? Mehr Dolce Vita und italienischen Flair konnten sie sich kaum wünschen. Die vielen Brücken, welche über die Kanäle führten, die Wäscheleinen, die weit über den Köpfen zwischen den Fenstern gespannt waren, die bröckeligen Hausfassaden, die Gondeln, die Marktschreier - all das gehörte zu Venedig.

Sie zogen weiter durch die engen Gassen und wollten sich gerne von einem Gondoliere durch die Kanäle schippern lassen. Sie erkundigten sich bei einigen Gondoliere nach den Preisen und beschlossen daraufhin, durch die schmalen Gassen zu schlendern, an Kirchen vorbei, schönen alten Palästen, Hotel und Restaurants, um sich schließlich in ein kleines Café am Kanal Grande mit Blick auf die Rialtobrücke zu setzen und die vorbeifahrenden Gondeln mit ihren singenden Fahrern zu beobachten.

»Wie gefällt es dir in der ewigen Stadt der Liebe, Martina?«, fragte Stefan und genoss dabei seinen Cappuccino.

»Überall ist diese einzigartige Atmosphäre Venedigs zu spüren, die es versteht, die Brücke zwischen dem Morgen- und dem Abendland zu sein. Ihr morbider Charme verbindet sich mit einem unvergleichlichen Kosmopolitismus. Wieso sie die Stadt der ewigen Liebe genannt wird, bleibt mir ein Rätsel.«

»Vielleicht mag es daran liegen, weil hier kein Auto fährt. Die Gondeln verleihen der Stadt ein Gefühl der Langsamkeit, ja, ich würde meinen, als sei die Zeit hier stehengeblieben. Die Veneciani wirken sehr elegant. Die Männer tragen feine Anzüge und die Frauen elegante Kleider oder Kostüme«, antwortete Stefan.

»Das sagt der, der einen Jogginganzug trägt«, lachte Martina und fuhr fort, »wenn ich sehe, wie sich Menschenmassen durch die Gassen drängen, sich über die Brücken schieben und sich auf Boote quetschen, dann vergeht mir die Romantik. Wir können über die einmalige Kulisse staunen, doch bin ich froh, wenn wir diesen luxuriösen, auf Massentourismus getrimmten Ort wieder verlassen haben. Wir sind hier und wollen nicht sterben, sondern lieben und leben«, entgegnete Martina entschlossen.

»Und essen, Mama. Ich habe Hunger. Darf ich eine Pizza haben?« warf Benjamin ein.

»Ja, lass uns etwas essen, bevor wir den Heimweg antreten«, stimmte Stefan begeistert zu.

»Ich möchte gerne eine Salami Pizza«, erklärte Benjamin.

»So ein Tramezzino sieht echt lecker aus«, Martina zeigte auf die Auslage.

Die Signora hinter dem Tresen erklärte: »Das Tramezzino ist eine besondere Spezialität der venezianischen Küche. Es besteht ausschließlich aus weichem Brot ohne Kruste und einer Füllung, die so reichhaltig ist, dass sie das Brot aufquellen lässt und ihm seine typische runde Form verleiht. Es gibt unzählige Varianten, mit Thunfisch und Frühlingszwiebeln, mit Krabben oder gekochtem Fleisch und Pilzen sowie in vielen anderen

Geschmacksrichtungen – aber eines bleibt immer gleich: Die leckere Mayonnaise darf nie fehlen!«

»Das klingt gut. Ich nehme eines mit Schinken«, bestellte Martina.

»Und ich hätte gern eines mit Thunfisch«, warf Stefan hinterher.

»Jetzt verstehe ich, warum das Tramezzino nicht nur ein einfaches Sandwich ist, sondern ein Symbol für die italienische Esskultur und ihre Fähigkeit, aus einfachen Zutaten und traditionellen Rezepten wahre kulinarische Meisterwerke zu schaffen. Es verkörpert den Geist der italienischen Lebensart, der Gastfreundschaft und der Freude am Essen und ist ein zeitloses Symbol für Genuss und Gemeinschaft«, sprach Stefan, nachdem er den ersten Bissen getan hatte.

»Mein Tramezzino ist mit Lachsschinken, Artischocken, Oliven, Tomate und Ziegenfrischkäse gefüllt und mit Mayonnaise sowie einem Basilikumblatt verziert und es schmeckt köstlich«, schwärmte Martina und ergänzte, »ich glaube, wenn mich jemand fragt, was das Schönste an Venedig war, werde ich sagen: mein Tramezzino!«

»Mir schmeckt meine Pizza auch sehr lecker. Italien gefällt mir«, begeisterte sich Benjamin.

»Mit Dolce Vita verbindet man in der Regel einen Lebensstil, der von einer gewissen Lässigkeit und Lockerheit geprägt ist, der Stress und Hektik vergessen lässt. Dazu werden meist auch das häufige gesellige Beisammensein und das gute Essen in Italien gezählt. Und die angebliche Fähigkeit der Italiener, Probleme mit einem Lächeln zu lösen. Das sollten wir als Lehre mit nach Hause nehmen«, räumte Stefan ein.

»Dein Wort in Gottes Gehörgang«, rief Martina aus.

Nach einer langen und anstrengen Rückfahrt hatte sie der Alltag wieder. Benjamin freute sich auf das nahe Freibad,

Stefan und Helmut sorgten für reibungslose Abläufe in der Endmontage und Martina kümmerte sich weiterhin um den Haushalt.

Vor dem Hintergrund des sich weltweit verschärfenden Wettbewerbs mit höheren Anforderungen an Flexibilität und Qualität sollte auch bei Mercedes ein Qualitätsmanagement eingeführt werden. Da Stefan bereits reichliche Erfahrungen in der interdisziplinären Zusammenarbeit mitbrachte, wurde er von seinem Team beauftragt, in seinem Interesse, alle Fragen, die bei der Kooperation im Qualitätsmanagement entstehen, zu diskutieren und Lösungen zu organisieren. Er wurde Mitglied der Arbeitsgruppe Qualitätsmanagement, die sich jede Woche traf. Und wieder bewahrheitete sich die alte Weisheit von Prosper Mérimée: »Kommissionen sind Vereinigungen, in denen mehrere Personen die Arbeit nicht leisten, die ein einzelner viel besser machen würde.« Jedes Mal entsendeten einzelne Teams andere Mitarbeiter in die Gruppe, die dann Fragen stellten, die Wochen vorher beantwortet worden waren. Und die in der Vorwoche gestellten Aufgaben, waren nicht bearbeitet. Es gab Tage, da war das Einzige, was aus einer Konferenz herauskam, die Leute, die hinein gegangen waren.

Unter dem Stichwort lean management wurden in allen Bereichen Anstrengungen unternommen, zeitgemäße Formen der Arbeitsorganisation und Qualitätskontrolle zu realisieren. Ein wesentlicher Gesichtspunkt sollte dabei die Übertragung aller Arbeitsumfänge an ein und dieselbe Person oder Team sein, was bei den bestehenden Strukturen natürlich auf Widerstand stieß, denn die Verantwortung des Einzelnen sollte mehr denn je gefördert werden.

Während Stefan in seiner Funktion sowohl als Beauftragter seines Teams für Qualitätsaudit im Außen als auch in der Halle bei den Meistern und Mitarbeitern viel Anerkennung erfuhr, spürte er, dass die festangestellten Mitarbeiter sich für etwas Besseres hielten. Während diese ihre Arbeitsplätze am Fenster hatten, bekamen Stefan und sein Leiharbeitskollege nur einen abgeschotteten Platz im dunklen Zentrum des Büros. Ab und an verspürte er in den Augen der angestammten Kollegen herabwürdigende Blicke, obwohl er von seiner Qualifikation einiges aufweisen konnte. Eventuell war es auch der Neid, dass er als Leiharbeiter besser arbeiten konnte als so mancher Festangestellter. Allein Helmut, sein unmittelbarer Kollege verhielt sich jederzeit freundlich, ehrlich und wertschätzend ihm gegenüber.

Ein Wintermärchen

So verloren sich der Sommer und der Herbst. Die verspätete Steuerrückerstattung weckte neue Begehrlichkeiten auf die Schweiz. Martina und Stefan beschlossen, Weihnachten in Meiringen zu verbringen. Stefan hatte ein wenig Bammel, mit dem Auto in die winterliche Schweiz zu fahren, deshalb nutzten die drei den Zug.

Die Jugendherberge in Meiringen war ihr persönliches Hostel für ihren unvergesslichen Aufenthalt im Haslital. Stefan und seine kleine Familie waren die einzigen Gäste über die Weihnachtstage. Sie hatten ein Vierbettzimmer mit zwei Doppelstockbetten. Es war ein wenig ungemütlich und sie fühlten sich verlassen in dem einsamen Gebäude, wo für die nächsten Tage auch niemand ein Frühstück bereiten und einen Kaffee kochen würde. In der ersten Nacht war ihnen ein wenig, als befänden sie in einem Geisterschloss.

Der erste Morgen war nebelverhangen und kalt. Es schien, als drückten die Wolken wie schwere, graue Kissen auf die Seelen der Gemeinde. Von der Aare zog ein weiterer Nebel hoch, verband sich mit den Wolken und hüllte sie dumpf und schwer ein. Dann wurde ihnen die Welt verdunkelt. Kein Laut und keine Rufe in den Gassen. Schritte verhallten im Nichts. Müde stöhnte die eiskalte Luft in diesen Heiligabend. Nur die Lämpchen hinter den Fenstern zeigte, dass noch Leben im Ort war. Es schien, als wollte sich auch dort der Pulsschlag schlafen legen.

Am Abend leuchteten ein paar Kerzen im Zimmer der drei Urlauber. Ein aromatischer Tee duftete aus den Tassen, wärmte die Bäuche und die Hände. Die Winterkälte blieb draußen. Das Alleinsein am Heiligabend in fremder Umgebung fühlte sich merkwürdig an. Es gab weder Fernseher noch Radio, nur sie als Familie. Die sich ausbreitende Stille veranlasste sie zum Flüstern. Obwohl sie keinem Glauben anhingen, erinnerten sie sich an die Weihnachtsgeschichte und fühlten sich beschützt durch die Engel der Nacht. Sie überreichten sich kleine Geschenke, sangen gemeinsam ein Weihnachtslied, verspürten einen tiefen Frieden und innige Verbundenheit. Das Mahl war bescheiden und wurde durch ein Schlückchen Wein begleitet, bevor die Weihnachtsnacht ihre wärmende Decke über die Familie legte.

Am ersten Weihnachtstag hüllte sie erneut ein eisiger Nebel ein. Da die Region berühmt war für ihre Familienfreundlichkeit für kleine und große Skihasen, beschlossen sie, hinauf zum Skigebiet auf den Hasliberg zu fahren. Sie bestiegen die Seilbahnkabine in Meiringen und überwanden in kurzer Zeit 400 Höhenmeter nach Reuti. Mit jedem Höhenmeter lichteten sich die Wolken. Oben angekommen, breitete sich unter ihnen einen sagenhafte wabernde Wolkendecke aus und gab einen Blick auf die Eiger Nordwand frei.

Ein Winterwanderweg führte von der Seilbahnstation zunächst auf einem Sträßchen ostwärts und schlängelte sich dann in großen Kehren hinauf, wo sie die Straße in westlicher Richtung verließen, um auf einen präparierten Wanderweg hoch über dem Haslital im leichten Auf und Ab über die verschneiten Almwiesen zu münden. Die Wintersonne erwärmte sie auf ihrer Wanderung hoch über dem Haslital. Wer hätte gedacht, dass man bei solchen Minusgraden ins Schwitzen geraten könnte? Gut, dass sie ihre Wanderschuhe, die sie extra für den Sommerurlaub gekauft hatten, nun auch im Winter nutzen konnten. Sie schritten durch eine zauberhafte Schneelandschaft und hatten einen großartigen Ausblick in den Südwesten nach Grindelwald, der Eiger Nordwand, dem Mittelhorn, dem Schwarzhorn bis hin zur Brienzer-Rothorn-Kette und dem Brienzersee. Von hier aus bot sich ihnen eine beeindruckende und unberührte Naturlandschaft mit hohen Bergen, der im Tal rauschenden Aare, den schneebedeckten Wäldern und der unendlichen Weite. Auf der ganzen Wanderung kam ihnen nicht ein Mensch entgegen. Sie waren komplett allein in der Natur und genossen jede Sekunde die Aussicht und die Geräusche des knisternden Schnees, der sich unter ihren Schuhen zusammenpresste.

»Pssst! Leise! Da vorne bewegt sich ein Rudel Gämsen«, flüsterte Stefan und zeigte mit dem ausgestreckten Arm in die Richtung, wo er sie entdeckt hatte. Jetzt im Winter waren die Gämsen mit ihrem schwarzen Winterfell auf dem Schnee leicht zu entdecken. Noch bewegten sie sich in sicherer Entfernung auf einem Grat über den Wanderern.

»Bei hoher Schneelage kommen die Gämsen auch in tiefere Lagen. Im Sommer sind sie meist nur sehr weit oben im Hochgebirge zu beobachten. Da haben wir ausgesprochenes Glück, dass sie uns begegnen. Sie haben überdurchschnittlich große Lungen und sind zu gewaltigen Leistungen fähig. Die Gämsen hören, riechen und sehen sehr gut. Wir sind wohl weit genug weg und scheinen sie nicht zu stören.«

Nach diesem Abenteuer dauerte es nicht mehr lang, bis sie durch den Wald nach Hasliberg zur Talstation der Twingbahn gelangten, von wo aus sie in knapp zehn Minuten mit der Gondelbahn zum Bergrestaurant Käserstatt gelangten.

Die Sonne strahlte ihre winterliche Mittagshitze aus. Die Terrasse der Berghütte nahe der Bergstation war gefüllt mit

Touristen, die sich in der Sonne aalten, lachten und sich unterhielten. An einem Grillstand wurde Würste und Steaks angeboten. Ein Blick auf die Speisekarte verriet, das Käserstatt ist ein typisches Bergrestaurant. Hungrig vom Wandern oder Skifahren hatten die Gäste aus Klassikern wie Schnitzel mit Pommes Frites, Rauchwurst mit Kartoffelsalat oder Hacktätschli mit Kartoffelstock die Qual der Wahl. Natürlich durfte auch eine feine Brotzeit und ein selbstgemachter Streuselkuchen nicht fehlen. Neben dem Essen nahmen die Gäste heiße Getränke oder kühle Drinks zu sich.

Auch die Neuankömmlinge hatten Hunger und gönnten sich die teuerste Bratwurst Ihres Lebens – sieben Schweizer Franken pro Stück. Aber sie mussten gestehen, dass sie fantastisch schmeckte. Dann beobachteten sie für eine Weile die waghalsigen Skifahrer, die aus den Höhen der Alpen zu ihnen herunterschossen. Sie kamen ihnen so wild, so tolldreist, ja sogar todesmutig vor, dass sie glaubten, sie würden jeden Augenblick zusammenstoßen oder sich anderweitig den Hals brechen. Es war, als ob sich ein ganzer Bergabschnitt in eine Rennstrecke verwandelt hätte. Allein vom Zuschauen wurde den dreien schwindelig. Früher hatte Stefan keine Angst, in seiner alten Heimat auf winzigen Hügeln Ski zu fahren. Doch nun bereitete ihm bereits die Vorstellung Schweißausbrüche, oben an der Piste zu stehen und sich nicht zu trauen, herunterzufahren. Diese Furcht nahm ihm den Mut, es zu probieren.

Der erste Weihnachtsabend schenkte der jungen Familie die Zeit für ein Käse-Fondue, denn Käse geht bekanntlich immer. Vor allem in einem dieser vorzüglichen Restaurants in Meiringen. Was machte den Rausch, die Liebe und die Leidenschaft zum geschmolzenen Käse aus? Sie wollten es herausfinden, denn sie hatten nicht nur einen mächtigen Appetit, sondern einen Heißhunger auf diese Köstlichkeit, die für die Käse liebende Seele erfunden wurde, Zeit, diese Köstlichkeit zu probieren.

Als der Kellner das Fondue servierte, gestanden sie ihm, dass sie noch niemals zuvor ein Fondue probiert hatten. Der freundliche Mann erklärte ihnen deshalb, wie das ganze funktionierte:

»Den Topf, aus dem Käse-Fondue gegessen wird, nennen wir Caquelon. Er besteht aus Keramik. Um den Käse während des Speserituals flüssig zu halten, wird der Topf auf einen Rechaud gesetzt, einem Kocher, der auch Stövchen genannt wird, und unter dem mit Flammen das Erhitzen und Warmhalten des Keramiktopfs ermöglicht wird. Käse-Fondue nennen wir den geschmolzenen Käse in diesem Topf, in den Sie nun die knusprigen Brotstücke tauchen, diese mit Käse umhüllen, um so alles zusammen zu genießen. Tatsächlich gibt es einige Rituale, die mit einem Käse-Fondue-Erlebnis verbunden sind. Das bekannteste und beliebteste ist: Verliert jemand sein Brot von der Fondue-Gabel im Topf, muss er eine Runde ausgeben, ob Weißwein, Schnaps oder Tee hängt von Ihnen ab. Möchte er das nicht, darf er auch aufstehen und ein Lied singen. Das schönste Ritual allerdings ist, dass beim Eintauchen eine große, ergiebige Acht gerührt wird, damit auch richtig viel Käse am Brotkrumen hängenbleibt.« Der Kellner zwinkerte mit den Augen und ließ die junge Familie allein.

»Benjamin, willst du beginnen? Steck etwas Brot auf die Gabel und dann ziehe eine Acht durch den Topf! Mama kommt gleich hinterher«, forderte Stefan den Sohn auf.

»Wie mir der Kellner noch verriet, sind Gespräche während des Fondues Pflicht. Denn Fondue muss nur in zweiter Instanz tatsächlich lecker sein. Primär geht es um die Geselligkeit, mein Schatz«, erklärte Martina wohl wissend.

»Witze sind auch erlaubt. Wenn Du das Brot verlierst, musst du einmal nackt ums Lokal laufen«, lachte Stefan.

»Wirklich? Ich auch?«, erstaunte sich Benjamin.

»Nein, das war ein Scherz, mein Großer!«, antwortete der Vater.

»Mir gefällt das Fondue. Das könnten wir zuhause auch einmal machen, was meinst Du, Stefan?«, fragte Martina.

»Aber klar doch, Martina«, eiferte sich Stefan, steckte das mit Käse überzogene Brotstück in den Mund und verdrehte vor Vergnügen die Augen:

»Mir gefällt, wie die Schweizer Weihnachten feiern!«

»Und Schnee gibt es hier auch ganz viel«, erstaunte sich Benjamin.

»Nicht nur viel Schnee, auch viele hohe Berge«, begeisterte sich Stefan.

»Nicht nur viel Schnee und hohe Berge, sondern auch ein total leckeres Fondue«, holte Martina die beiden zurück in den Abend.

Am nächsten Morgen stapften sie erneut, eine Flasche heißen Tee im Gepäck, durch den jungfräulichen, knöcheltiefen Neuschnee auf dem Weg entlang nach Hasliberg. Tief hingen die Zweige der Tannen unter der Last der weißen Kristalle. Jede Berührung, und war sie auch noch so unabsichtlich, löste ein kleines Rieseln aus, winzige Lawinen aus weißen Kristallen. Dumpf durchbrachen die Schritte das Schweigen des Waldes. Es schien, als ob alles Getier, alle Vögel und alle Gämsen noch schliefen. Die Berge thronten, in ein goldenes Licht gehüllt, majestätisch gleich Luftschlössern, hoch über den Wanderern. In ihrer Güte sprachen die Berggeister den Stapfenden Mut zu.

»Schau dir die Eiger Nordwand an! Dort haben wir im Sommer aus einem Felsenloch über das Tal geblickt. Wie furchterregend sie aussieht. Fast zweitausend Meter ist sie hoch. Wie viele Todesopfer sie wohl geopfert hat?«, fragte sich Stefan.

»Ich werde nie verstehen, warum Menschen sich das freiwillig antun, sich auf Berge zu quälen, obwohl sie dort oben nichts zu suchen haben«, antwortete Martina.

»Alexander Humboldt meinte, ihn spornte die vage Sehnsucht an, von einem langweiligen Alltagsleben in eine wunderbare Welt versetzt zu werden. Manche sehen wohl die Berge als Herausforderung, um sich zu entfalten. Sie erfüllen ihr Leben und manches Mal führen sie zur Besessenheit. Ich glaube, oben zu stehen, gibt einem das Gefühl von Freiheit. Dafür scheint sich jede Anstrengung zu lohnen«, fügte Stefan hinzu.

Die weiße Stille atmete friedfertige Seligkeit aus, die sich klammheimlich von hinten durch die Brust der Wanderer bohrte. Wie in Trance und doch hellwach schritten sie schweigend vorwärts hoch über der rauschenden Aare ihrem Ziel, der Twingbahn, zu.

Wie am Tag zuvor fuhren sie mit der Seilbahn zur Käserstatt hinauf. Die Sonne strahlte vom blauen Himmel, die kalte Luft tat richtig gut. Es war ein großartiges Gefühl, seine Fußabdrücke zu hinterlassen und dabei das Zerbröseln des nachgebenden Schnees zu hören. Mit der Aussicht auf eine spektakuläre Berglandschaft führte die Route von Käserstatt nach einem kurzen Aufstieg gemächlich hinunter zur Mägisalp. Die ausgedehnten Hänge auf dem Hasliberg bildeten ein Mosaik von Wäldern und Schneefeldern. Zu Beginn genossen sie vom offenen Feld den Blick zum imposanten Wetterhorn und auf die Engelhörner. Anschließend führte der Weg mit einem leichten Abstieg durch den Wald und vorbei an eingeschneiten Alphütten zum Ziel.

Die Mägisalp lag auf rund 1700 m Höhe in einem kargen Hochtalkessel, umgeben von den Gipfeln Hochsträss, Glogghüs und den Planplatten. Es schien, als kämen die Skifahrer von allen Bergen heruntergeschossen. Auf jeden Fall spürten die Beobachter, dass die Skifahrer ein Gefühl von große Leichtigkeit ausstrahlten, obwohl die Anstrengungen enorm oder vielleicht sogar an der Grenze des individuell Möglichen sein mochten. Da stieg wohl der Adrenalinpegel, die Endorphine schossen durch die Blutbahn und so mancher von ihnen begann vor lauter Freude zu jauchzen und zu johlen. Entweder bremsten sie scharf, um in die Hütte einzukehren oder sie fuhren weiter nach unten.

Auf der Sonnenterrasse herrschte eine Stimmung wie auf einer Après-Ski Party. Flotte Discomusik heizte der Menge ordentlich ein, mit Hits zum Mitsingen und Tanzen, als gäbe es kein Morgen. Die Stimmung war großartig, der Glühwein floss in Strömen und zauberte eine echte Pistenatmosphäre.

»Ein Cervelat ist ein Cervelat ist ein Cervelat… Es sei denn, du schneidest ihn kunstvoll ein, bevor er auf den Grill kommt. Dann wird die Wurst zur Schönheit«, bewarb der Grillmeister seine Bratwurst und führte fort, »Dieser leicht gekrümmte Stummel, eine Halbwurst eigentlich, ohne die Erotik einer Salami, dafür praktisch und handlich. Kalt kann man ihn essen oder im Salat mit Käse und Zwiebeln. Und heiß: gekocht, gegrillt, geschmort. Man kann ihn auf Stecken stecken und bräteln, der Cervelat hält das aus. Er ist kein Schwächling wie die Bratwurst. Auf dem Grill liegt er am liebsten.«

»Dreimal mit Brot, bitte«, bestellte Stefan.

»Der Cervelat ist unsere Nationalwurst. Es gibt Gedichte über sie und Lieder. «Servilaa, du darfsch ned sterbe, liebe Servilaa», sang der Komiker Peach Weber während der Cervelatkrise im Jahr 2008. Und schon legte der Grillmeister los und sang. Die drei standen mit offenen Mündern davor und verstanden kein Wort. Dann erklärter er weiter:

»Was braucht es für den perfekten Cervelat? Welches Brot zum Beispiel? Ich nehme immer Meiringer Weißbrot. Ein sanftes Brot. Es sollte nicht den Wurstgeschmack übertünchen. Welches Messer, um die Wurst schön einzuritzen? Ein Sackmesser natürlich. Eins, das haut. Wie soll man die Wurst schneiden? Ein schönes Kreuz an jedem Ende des Cervelats. Die Schnitte drei bis vier Zentimeter tief, damit sich die Enden hochrollen, seht ihr?«

Bald glänzten die Würste feucht vom Fett. Ein Biss in die Wurst. Es knackte. Kräftig war der Geschmack, leicht rauchig, leicht salzig. Die Geschmacksnoten hielten sich die Waage. Ein Biss ins Brot, Senf dazu. Wohlig kitzelt die Wurst am Gaumen. Einfach perfekt.

Seilbahnen gehören zu den sichersten Verkehrsmitteln der Welt. Die drei freuten sich auf die Fahrt von der Mägisalp nach Reuti und von dort nach Meiringen. Die Talfahrt mit der Bahn verlief reibungslos. Das Wetter war herrlich und die kleine Familie staunte über die großartige Aussicht. Benjamin alberte herum, wie immer hatte er noch die meiste Energie. Sie waren allein n der Gondel. Ein Urlaubstag wie aus dem Bilderbuch fuhr seinem Ende entgegen. Plötzlich wurde Martina ganz blass im Gesicht und sie rief: »Benjamin, setzt dich hin, verhalt dich still!«, und an Stefan gewandt, »Wie aus dem nichts wurde mir schwindlig. Mein Magen kribbelt, ich verspüre Herzrasen und habe weiche Knie. Halt mich bitte fest!«

Stefan nahm ihr Hand und tröstete sie: »Komm, schließ die Augen, wir haben es gleich geschafft. Benjamin, lass uns die Mama beschützen!«

Als sie im Tal ankamen, überquerte Martina die Straße, als würde sie auf Wolken schweben, sie setzten sich in ein Café und tranken einen Cappuccino. Hatte sie jemals zuvor solch ein Glücksgefühl erlebt? Erleichterung, Dankbarkeit und ein Schuss Demut beim Gedanken an die Hilflosigkeit an die Bahnfahrt. Vorfreude an die Fahrt nach Hause.

Das Leben geht seinen Gang

Am Silvesterabend waren sich alle einig: Martina, Stefan, Christian, Oma und Benjamin. Sie schauten die letzte Silvestershow des Fernsehens der DDR. Zum Abend gab es den beliebten traditionellen Heringssalat, dazu knuspriges Brot mit Kümmel und ein Herrengedeck. Zahlreiche süße und herzhafte Knabbereien ergänzten den langen Abend. Mit Herbert Köfer begann und endete die Ära des Deutschen Fernsehfunks. Am 21. Dezember 1952 eröffnete der spätere Volksschauspieler als Sprecher der Aktuellen Kamera das Öffentliche Programm der DDR. In den folgenden 39 Jahren sahen ihn die Zuschauer in solchen beliebten Serien wie »Rentner haben niemals Zeit«, »Maxe Baumann«, »Aber Doktor« und hunderten anderen Rollen. In der letzten Sendung des DFF am 31. Dezember 1991 sang der Fernsehliebling bei der Silvesterrevue unmittelbar vor der Abschaltung des Kanals gemeinsam mit dem Frank Schöbel den Schlager »Der Letzte macht das Licht aus, der Laden macht nun dicht!«. Punkt Mitternacht gab es diesen Teil der DDR nun auch nicht mehr.

Das Leben ging auch irgendwie auch ohne Sozialismus seinen sozialistischen Gang. Stefan fuhr inzwischen in einer Fahrgemeinschaft mit seinen Kollegen aus der Nähe nach Bremen.

In Syke war der Schulweg nicht kürzer als in Magdeburg. Jedoch bekam Benjamin ein Fahrrad, damit er den Schulweg schneller bewältigen konnte. Die westliche Erziehung in der Schule war für alle neu. Disziplin schien nicht mehr gefragt zu sein. Die einzig wichtige Sache für Martina und Stefan war, dass Sascha etwas Handfestes zu Essen bekam. Dafür hat Martina immer dafür gesorgt.

Erstaunlich ging es auf einem Elternabend zu. Während man den Samstagsunterricht in Benjamins Magdeburger Schule zum

Ende der DDR komplett abgeschafft hatte, wurde in der Grundschule Syke jeden zweiten Samstag zwei Stunden Unterricht durchgeführt. Als man die Eltern fragte, wer denn dafür sei, dass man den Samstagsunterricht komplett weglassen sollte, waren Martina und Stefan die Einzigen, die sich dafür aussprachen, denn sie fuhren am Wochenende noch öfter nach Magdeburg, um die Eltern zu besuchen. Und eine Stunde Unterricht zusätzlich in der Woche unterzubringen, erschien den beiden als völlig unkompliziert und sofort machbar. Sie konnten die erstaunten Blicke und schockierte Entsetzen der anderen Eltern nicht begreifen. Auf die Frage, ob sie denn bereits Erfahrungen damit hätten und welche. Sie haben gern davon berichtet. Offiziell wurde in der DDR der Sonnabend als Unterrichtstag erst am 5. März 1990 abgeschafft. Da die meisten Eltern am Wochenende ohnehin frei hatten, war es begrüßenswert, dass man mit seinen Kindern auch etwas unternehmen konnte und nicht damit warten musste, bis die Schule vorbei war. Stefan fragte in den Raum, ob denn die hier sitzenden Eltern grundsätzlich Samstags gern in die Schule gegangen seien, während ihre Eltern zuhause eine leckeres Frühstück genossen, kam ein diskretes Wegschauen.

Die Wochenendreisen in die alte Heimat nach Magdeburg waren allesamt nicht nur Treffen mit Martinas und Stefans Eltern, sondern auch Auffrischungen alter Erinnerungen an ihre Kindheit und ihre Jugend. Wie war das damals?
Zehn Jahre zuvorkam Stefan aus dem Studentensommer zurück, an dem sich ein halbjähriges Praktikum in einem Betrieb anschloss. Als der Abteilungsleiter mit ihm eine Vorstellungsrunde drehte, lenkte er auch seine Schritte in einem Raum, wo ein groß schwarzhaariges Mädchen am Zeichenbrett stand.
Irgendwann kam in Stefan der Wunsch auf, dieses schüchterne Mädchen kennenzulernen. Es hatte das Haar der Scheherazade,

der orientalischen Prinzessin, die es schaffte einen brutalen Herrscher durch ihre fantasievollen Geschichten davon abzuhalten, ihr im Morgengrauen den Kopf abschlagen zu lassen. Märchenprinzessinnen faszinierten Stefan schon immer. Nun hatte er sie gefunden und er musste nur noch einen Weg finden, sie zu erobern.

Die Einladung ins Kino wurde ein Desaster. Bei einem gemeinsamer Ausflug ins novembernebelige Wernigerode fasste er, zaghaft wie ein Teenager, nach ihrer Hand. Eine behagliche Wärme strömte von ihr herüber. Viele Stunden waren sie unterwegs, sprachen miteinander, erzählten Geschichten und näherten sich an. Am Ende des Tages wagte er es, ihr ein schüchternes Küsschen zu geben.

Die Spaziergänge vermehrten sich und wurden ausgedehnter. Sein körperliches Verlangen nach ihr wurde größer. Martina jedoch hielt ihn auf Distanz. Die sinnliche Liebe schien so weit entfernt wie der Mond. Um die Weihnachtszeit griff die Politik in ihre Liebe ein. Missverständnisse, stille Post, Wortverdreher, politische Entstellungen und übersteigerte Ängste führten zu törichten Zerwürfnissen und töteten beinahe ihre aufkeimende Liebe. Der Start ihrer Liebe war gleichzeitig das Ende des Friedens zwischen zwei Königreichen. Immer war es wichtig, darauf zu achten, dass der eine oder andere Elternteil nicht vernachlässigt wurde, dass man es sich nicht mit ihm verdarb. Die Menschheit zerfällt in zwei Teile: der erste drückt sich falsch aus; der zweite missversteht es. In diesem Fall gab es so viele Missverständnisse und niemand war bereit, einen Fehler einzuräumen. Viele Jahre hat Stefan darunter gelitten, dass es keine Möglichkeit gab, diesen Zustand zu ändern. Eher hatte er das Gefühl, dass Martina jede Art der Annäherung der Familien boykottierte. Allein ihre Hochzeit war in dieser Beziehung ein Trauerspiel, ohne Eltern, ohne Geschwister, ohne Freunde. Sie heirateten allein. In der Absicht niemanden zu verletzen, haben sie beide dazu beigetragen, alle ihre Lieben zu demütigen.

Irgendwann startete ihre Liebe das Wagnis, ein eigenes Nest in ihrer Heimatstadt Magdeburg zu bauen. Anfangs war es ein schmutziges Nest, und wahrheitsgemäß gehörte es nicht einmal ihnen. Doch es stand leer, und sie nahmen es in Besitz. Generationen von Farbschichten kratzten sie von den Wänden, bevor Tapeten ihrem Heim einen neuen Glanz verliehen. Die Türen pinselten sie blütenweiß, die Rahmen braun. Stefan erinnerte sich, welchen Spaß sie mit ihren Freunden beim Renovieren hatten. Die ersten Möbel verschönerten ihr Heim: die bunte Doppelbettcouch, die weiße Schrankwand mit den braunen Türen, ein Teppichboden und Gardinen, die gelben Sessel und ein Couchtisch. Von einer Oma erbten sie einen alten Küchenschrank und einen Spültisch. Wie stolz waren sie! Was haben sie nicht alles in dieser kleinen Wohnung erlebt? Wie um die Jahrhundertwende schleppten sie Hausrat durch die halbe Stadt in die dritte Etage: Fernseher, Nähmaschine, Klavier. Mitten in der Nacht pflanzten Stefan mit einem Freund die Antenne aufs Dach, nachdem er sie wochenlang mit der Hand halten musste, wenn Martina Dallas schauen wollte. Am ersten Silvester dröhnten der Plattenspieler, das Tonbandgerät und das Radio die himmlischsten Klänge über den gesamten Hinterhof. Allein zu zweit hatten sie gewaltigen Spaß miteinander.

Den schönste Wunder erlebten die beide Liebenden, als Benjamin die kleine Familie mit seinem Leben bereicherte. Er war das kostbarste Geschenk, welches sie je erhalten hatten. Plötzlich war da jemand, der sie total brauchte und völlig hilflos in ihren Armen lag. Ein Teil von Martina und ein Stefan. Zuzusehen, wie sich ein kleiner Mensch entwickelte, ließ ihre Herzen höherschlagen. Wer sagt, es gibt kein Wunder auf der Welt, hat noch nie die Geburt eines Kindes erlebt. Wer sagt, Reichtum sei alles, hat nie ein Kind lächeln gesehen. Wer sagt, diese Welt sei nicht mehr zu retten, hat vergessen, dass Kinder

Hoffnung bedeuten. Dieses Glück kann man nicht kaufen, es wurde ihnen geboren.

Sie waren beide sehr jung. Sie waren Studenten. Sie hatten kein Auto! Kein Auto? Sie hatten sogar einen Straßenkreuzer als Kinderwagen! Sie hatten wenig Geld in jenen Tagen, dafür umso mehr Freude und Liebe durch ihren Sohn. Sein Lachen brachte stets die gute Laune wieder zurück. Er konnte stundenlang Nägel in ein Brett hauen, malte die schönsten Bilder und war voller Energie. Er hielt sie immer in Trab, zwang sie zu Spaziergängen in die Kinderklinik, verkroch sich heimlich unter die Betten, purzelte Treppen hinab und rammte Türrahmen. In dieser Wohnung trank er an Martinas Brust. Hier tat er die ersten Schritte. Hier sprach er die ersten Worte. Und trotz des Feuchtraumklimas und der ständigen Bronchitis wurde aus ihm ein Prachtbursche. Und was für einer!

Stefan musste lachen, als er an die bürokratischen Gebaren der Wohnungsagentur und ihre irrwitzigen Schildbürgerstreiche dachte. Illegal waren sie in diese Klitsche eingezogen, haben diese unrechtmäßig bewohnbar gemacht und sich so ein kleines Paradies geschaffen. Und nun sollten sie dieses Paradies wieder räumen! Gerettet hat sie ihr Sohn. Mutter und Kind standen unter dem Schutz des Staates. Und da sie ihm nichts anhaben konnten, bestraften sie Stefan auf einer lächerlichen Veranstaltung, auf der sich alle Vorwürfe als haltlos erwiesen. Eine aufregende Zeit!

Wäschewaschen war harte Arbeit. Zuerst wurden die Windeln in einem großen Topf gekocht und dann ewig unter kaltem Wasser gespült. Salmiakdüfte durchzogen die Küche. Später dann ratterte die WM 66. Die Bezeichnung WM stand für Wellenradwaschmaschine. Schleudern konnten sie anfangs gar nicht. Im Wohnzimmer spannten sie Leinen, und die Windelwassertropfen wölbten den Teppichboden. Später hatten sie eine Tischschleuder und hängten die Wäsche auf den Trockenboden.

Wenn Stefan Martinas langes, schwarzes Seidenhaar waschen durfte, war die Prozedur nicht weniger aufwendig. Mehrer Wassertöpfe brodelten auf dem Gasherd. Haare waschen, Haare spülen. Abermals spülen. Erneut spülen. Nochmals spülen. So lange spülen, bis die letzte Seife aus dem Har verschwunden war. Danach hatte Martina fließendes Schneewittchenhaar, und Stefan hatte Spülhände!

Die Flockenleberwurscht, so nannte er einen Kollegen, half ihnen beim Einkellern der Kohlen. Ein Wellensittich war ein todgeweihter Gast. Eis tropfte aus dem Wasserhahn im Winter. Wer stand als erster auf, um die Küche anzuheizen? Ganz am Anfang, als Stefan das Heizen noch nicht wieder erlernt hatte, wäre beinahe der Ofen explodiert, weil er ihn zu früh geschlossen hatte. Die Lederjacke setzte in der Küche Schimmel an, ließ sich aber noch hervorragend im An- und Verkauf zu Geld machen. So manches Mal brachte der Erlös der Pfandflaschen das nötige Geld für den Wochenendeinkauf. Doch sie mussten nie hungern.

Als die Ziegelsteine aus den Wänden fielen, als die dauernde feuchte Raumluft ihren Sohn krank machte, als die Fische im Aquarium starben, als es immer unerträglicher wurde, dort zu wohnen, stiefelte Stefan wöchentlich zum Wohnungsamt. Und wenn man ihm ohne Ergebnis den Ausgang zeigte, dann trat er durch die Hintertür wieder ein. Die erlernte Hartnäckigkeit in der DDR führte nach langer Zeit zum Erfolg.

Sie bekamen eine neue Wohnung: warm, trocken, geräumig und mit fließend warmen Wasser. Benjamin bekam ein eigenes Zimmer. Sie stellten ihr erstes Schlafzimmer auf. Nun hatten sie ein warmes Bad mit Toilette und Dusche. Eine Waschmaschine fand dort ihren Platz. In der schmalen Küche war genügend Raum für eine kleine Sitzgruppe. Einen ausziehbaren Esstisch für die gute Stube erwarben sie in Burg. Die neue Schrankwand wurde in mehreren Portionen geliefert.

In ihrem Haus gab es viele nette Menschen. Der pensionierte Gerichtsdirektor achtete ein wenig auf Ordnung im Haus. Die Treppen waren stets frisch gebohnert. Benjamin fand sehr schnell Spielkameraden und tobte sich auf dem Spielplatz in der Nähe aus. Ihr homosexueller Nachbar war sehr freundlich. Sogar einen Opernsänger hatten sie auch im Hause.

Magdeburg war ihre Heimat. Martina und Stefan waren dort aufgewachsen, zur Schule gegangen, haben dort studiert und gearbeitet. Hier hatten sie ihre Eltern und Geschwister, ihre Freunde und Kollegen. An zahlreiche Ort knüpften sich Erinnerungen: An die Elbe und seine Uferpromenade, an den gotischen Dom, an das romanische Kloster unser lieben Frauen, an den Hasselbach Platz mit seinem Antiquariat, an den Rote Horn Park mit seinem Aussichtsturm, an die Johanniskirche, an das Theater und die Kinos, an den Zoologischen Garten, an den Barleber See, an die Glacis Anlagen und den Kristallpalast und natürlich an die Sprache mit ihrem »Jut, Voreljesank, Arbse, Ha'ich und jrüne Jorken«.

Ende März bestellte Stefans Chef ihn in sein Büro. Stefan hatte bereits ein mulmiges Gefühl auf dem Weg, denn bisher war er nur einmal dort gewesen – zu seiner Einstellung. Der Chef teilte ihm mit, dass die Zusammenarbeit zum Ende des Aprils beendet sei, denn eine Überlassung von Arbeitnehmern sei nur auf eine bestimmte Zeit möglich. Und diese Zeit sei nun um. Die Gewissheit, nicht aus persönlichen und wirtschaftlichen Gründen gehen zu müssen, war für Stefan wenig tröstlich. Doch die Zukunftsängste blieben. So sanft die Trennung auch vollzogen wurde, so schmerzhaft war sie trotz alledem. Die seelische Verletzung wirkte genauso verheerend wie bei der Beendigung einer privaten Beziehung.

Eine Lösung dieses Problems erschien wie ein Sonnenaufgang an einem heiteren Sommertag. Ein weiterer Zulieferer von Mercedes stellte Stefan einen Job in Aussicht, der dem bisherigen wie ein Ei dem anderen glich. Der Chef und er kannten sich bereits seit zwei Jahren. Er hatte ihm sogar einmal bei seinem Auto geholfen. Der Handschlag war gemacht. Als jedoch Stefan auf Anraten eines Kollegen seinen alten Chef auf eine Abfindung verklagte, verstummte der Chef des Zulieferers, ließ sich verleugnen und den Vertrag nicht zustande kommen. Stefan begriff nicht, warum? Vielleicht einfach deshalb, weil sich beide Arbeitgeber über Stefan ausgetauscht hatten?

Die erste Zeit im Mai fühlte sich Stefan wie im Urlaub. Er las viel, nutzte seine Freizeit, um in die Natur zu gehen, beschäftigte sich mit seiner Familie, aber auch sah er mehr fern als notwendig. Die Wirkung der Kündigung und die Nichteinstellung auf Stefans waren differenziert: überraschend, bedrohlich, Apathie auslösend und doch nicht so dramatisch, wie es im ersten Augenblick schien, im Gegenteil.

Im Mai wurde Benjamins zehnter Geburtstag nachgefeiert. Zum ersten Mal kamen seine neuen Freunde zur Grillparty. Es gab Würstchen und Frikadellen und Salat. Als sie dann alle im Zelt schlafen durften, war die Party perfekt. Ein anderes Mal waren sie gemeinsam mit Christian auf dem großen Waldspielplatz. Im Frühsommer besuchten Martina und Stefan mit ihrem Jungen ins Waldbad oder fuhren zur Oma. Benjamin hatte das Glück, seine Uroma noch viele Jahre zu erleben. Immer hatte sie etwas für den Jungen.

Wenn der Vater mit dem Sohne

Im Sommer gingen Vater und Sohn auf die Reise. Zuerst fuhren sie nach Magdeburg, wo Martina einen Ferienkurs zum Führerschein gebucht hatte. Von dort brausten die beiden quer durch Deutschland und Holland nach Scheveningen bei Den Haag. Die beiden schlugen ihr Zelt auf einem kleinen

Campingplatz am Zuiderstrand hinter den Dünen auf, dort, wo es noch ziemlich verschwiegen und gemütlich zuging. Hier entdeckten die zwei den schönsten Teil Den Haags. Bei den Einheimischen war es als ruhiger Strand bekannt. Er war die stille Alternative zwischen Scheveningen und Kijkduin, direkt hinter den Dünen, für alle, die mehr Raum brauchten.

Scheveningen selbst galt auch als Strand von Den Haag, da der Badeort nahtlos in die drittgrößte Stadt der Niederlande überging und auch Straßenbahnen hin- und herfuhren. Dieser Badeort war bekannt für seinen breiten Sandstrand, den kilometerlangen beliebten und belebten Strandboulevard mit ikonischem Pier sowie die ewigen Dünen im Norden. Hier ließen es sich Vater und Sohn gut gehen, spielten am Strand und badeten im Meer. Im Naturpark konnten die beiden endlos in den Dünen und Wäldern wandern und die Aussicht auf das Meer genießen. Für Vogelbeobachter war es ein wahres Paradies, doch die großen Stars waren die schottischen Hochlandrinder, die hier frei umherliefen. Der goldene Sand mit seiner beruhigenden Brandung war der perfekte Ort, um dem Alltag zu entfliehen. Einfach nur am Strand zu entspannen, mit dem Ball, mit dem Floppy Disc zu spielen oder zu schwimmen – Vater und Sohn genossen miteinander ihre Zeit und ihre Freiheit.

Nach drei Tagen in den Niederlanden zogen die beiden weiter über das Rhein-Maas-Delta in Richtung Süden. Stefan bevorzugte die Westroute, fuhr an Rotterdam vorbei, querte Hollands Diep, an deren östlichen Ende der südliche Hauptarm des Rheins und die Maas mündet, an der Ostschelde vorbei. Sie verließen Flandern und stürzten sich in die belgische Hauptstadt Brüssel – von der Stille des Meeres in den Lärm der Großstadt.

Nachdem Stefan sich von der Ringautobahn rund um Brüssel ins Innere der Stadt vorgekämpft hatte, landete er in einem

Gewirr von größeren und kleineren Straßen, die bergauf und bergab sowie teilweise in Tunneln verliefen. Dieses Wirrwarr von Straßen und Gassen machte es jedem Gast schwer, den Überblick zu behalten und sich nicht zu verfahren. Er war froh, als er ein Parkhaus im Zentrum entdeckte und ließ das Auto einfach dort.

Was den beiden in der Fußgängerzone von Brüssel sofort auffiel, war die hohe Dichte an Geschäften, die Süßigkeiten aller Art anboten. Dazu duftete es an vielen Ecken nach den berühmten belgischen Waffeln. Biergeschäfte mit zahllosen einheimischen und internationalen Biersorten präsentierten ihr Sortiment. Den Grand Place im Zentrum der Altstadt mit dem gotischen Rathaus und den barocken Fassaden brachte die beiden Reisenden absolut zum Staunen. Er zählte nicht umsonst zu den schönsten Plätzen in ganz Europa. Als die beiden sich mitten auf den Platz stellten und sich einmal um die eigene Achse drehten, wussten sie, warum. Auf dem Platz und in den kleinen Straßen rund um den Platz waren viele Restaurants angesiedelt. Überall warben Tafeln für ein leckeres Mittagessen. Da es an der Zeit war, beschlossen die beiden, etwas zu sich zu nehmen.

Ohne lange zu überlegen, betraten sie ein Restaurant, das ihnen besonders einladend erschien.

»Was möchtest du essen, Ben?«, fragte Stefan seinen Sohn.

»Steak mit Pommes«, antwortete dieser, wie aus der Pistole geschossen, »Und eine Cola!«

»Das klingt gut. Ich probiere Moules-frites, die Miesmuscheln. Wenn ich schon einmal hier bin, muss ich diese Spezialität der Belgier auch versuchen«, entgegnete Stefan.

Stefan bestellte. Mit einem Lächeln und einem Witz servierte die Bedienung nach nicht allzu langer Zeit das superfrische, köstlich zubereitete Essen. Die beiden Essen erschienen ihnen als eine Symphonie aus Aromen und Texturen, die eine Geschichte über die Leidenschaft des Küchenchefs erzählten.

Das perfekt gebratene Steak auf Benjamins Teller bot reichlich Grund zum Feiern. Moules Frites war eine köstliche Kombination aus frischen Miesmuscheln und knusprigen Pommes Frites und gehört zu den beliebtesten Gerichten Belgiens. Serviert wurden die Muscheln in einem schwarzen Kochtopf, in dem sie traditionell in einem aromatischen Sud aus Weißwein, Knoblauch, Zwiebeln und Kräutern gekocht wurden waren. Stefans einfaches, aber geschmackvolles Gericht spiegelte die Essenz der belgischen Küche wider: frische Zutaten und rustikaler Charme. Nachdem er die Muscheln gegessen hatte, entdeckte er auf Benjamins Teller das völlig unangetastete Steak.

»Was ist mit deinem Fleisch? Schmeckt es dir nicht?«, fragte er seinen Sohn und leckte sich in froher Erwartung die Lippen.

»Ich bin satt. Die Pommes waren echt lecker! Du kannst mein Fleisch gerne haben«, lächelte er wohlwissend.

»Na gut, bevor es weggeworfen wird, opfere ich mich«, grinste Stefan und machte sich über das zarte Steak her.

Nach dem Essen spazierten die beiden vom Grand Place aus durch die Stoofstraat zum Manneken Pis. Beinahe wären sie an dem berühmten Brunnenmännchen vorbeigelaufen, hätten sich hier nicht unzählige Touristen gedrängelt, um ein Foto von der kleinen, aber sehr populären Figur zu schießen.

Auf der Route nach Luxemburg ging es gut voran. Die belgischen Autofahrer schienen eine Spezies für sich zu sein. Sie gaben Gas und bremsten brutal wieder ab. Sie kannten keinen Blinker oder setzten ihn falsch ein. Sie beachteten das Tempolimit nicht und fuhren mit permanent eingeschalteter Nebelschlussleuchte. Trotz allem kamen Vater und Sohn lebendig in Luxemburg an, fanden einen Stellplatz für ihr Zelt oberhalb der Stadt mit einem wunderbaren Ausblick.

Hier erfüllten sich alle Wünsche des Naturcampers: Draußen-Romantik. Vogelgezwitscher. Vor dem Zelt sitzen mit der

Sonne auf dem Bauch. Miteinander reden oder schweigen. Mit dem Taschenmesser eine Scheibe Brot abschneiden und sie beschmieren. Beim Essen über die Welt nachdenken. Den Sonnenuntergang bestaunen. Mücken und Taschenlampen. Den Sternenhimmel betrachten. Einfach die Stille genießen als Vater und Sohn.

»Weiß du, Ben, ich finde es großartig, dass wir zwei einmal nur unter uns Männern sind. Wir gefällt dir unsere Reise bisher?«, eröffnete der Vater das Gespräch.

»Am besten finde ich, dass wir alles so machen können, wie wir es wollen, Papa. Einfach auf dem Boden sitzen und nur mit dem Messer essen. Ich finde es schön, dass du Zeit nur für mich allein hast. Das ist echt klasse. An der Nordsee war es auch so schön, weil wir zusammengespielt haben.«

»Das hat mir auch viel Spaß gemacht. Weißt du, ich war nie allein mit Opa so unterwegs wie wir beide jetzt. Wir waren nur einmal an der Ostsee mit der ganzen Familie zelten. Da war Onkel Chris noch ganz klein. Einmal wollte ich dort unbedingt beim Volleyball mitspielen und grätschte auf das Spielfeld auf Opas Fuß. Da habe ich ihm aus Versehen den kleinen Zeh gebrochen.«

»Wirklich?«

»Ja, du kannst ihn fragen! Es war trotzdem ein schöner Urlaub. Als Kind war ich oft bei meiner Oma, deiner Uroma, in den Ferien. Ich verbrachte die Tage immer in der Natur, baute Segelschiffe, ließ sie schwimmen, badete im Ententeich, grillte mit Freunden am Fluss Kartoffeln, kletterte auf Bäume, baute Flitzebogen und schoss mit Pfeilen. Der Tag war voller Abenteuer. Morgens ging ich aus dem Haus und wenn ich Hunger hatte, kam ich wieder heim.«

»Haben wir jetzt auch so etwas wie ein Abenteuer?«, fragte Benjamin mit großen Augen.

»Wenn wir uns in die Natur begeben, begegnen uns viele Wunder: hier ein großer Baum, dort ein kleiner Bach mit wilden Wasserfall, das Eichhörnchen, das uns vorhin besuchte oder der Käfer, der grad neben deinem Bein entlang krabbelt. Die Natur schenkt uns jeden Augenblick neue Abenteuer, wenn wir nur darauf achtgeben, mein Sohn. Und nun schau einmal nach oben!«

»So habe ich den Himmel noch nie gesehen!«, staunte Benjamin.

»Über das Weltall muss man nur staunen. Unzählige Sterne schauen auf uns herab, viele Millionen Kilometer entfernt. Wir wissen nicht, warum sie das tun, aber sie tun es. Wenn du das Weltall besser verstehen lernst, siehst du die Welt mit anderen Augen. Und wenn du die Welt mit anderen Augen siehst, werden Fragen beantwortet und neue entstehen. Das gehört zum Abenteuer Leben.«

»Ist das wahr, Papa?«

»Ja, mein Sohn. Diese Nacht sendet uns einen ganz besonderen Sternenstaub, damit wir beide etwas ganz Schönes träumen. Vielleicht besucht dich Mama im Traum. Wer weiß das schon. Gute Nacht, Ben, und träume süß.«

Neuer Tag, neues Glück. Viel hatten die beiden von Luxemburg nicht gesehen. Ihre Reise führte sie weiter in den Süden über Metz und Nancy nach Gérardmer.

Gérardmer offenbarte sich als ein beliebtes Touristenziel, das man auch als »Perle der Vogesen« bezeichnete. Dieses Städtchen leuchtete prächtig zwischen bewaldeten Bergen. Der Lac de Gérardmer ist der größte Natursee der Vogesen. Er ist ein ursprünglicher Gletschersee, der sich in 660 Metern Höhe in der Nähe des Stadtzentrums von Gérardmer befindet.

Die beiden schlugen ihr Zelt auf dem Campingplatz im Süden des Sees auf. Die Sonne strahlte vom wolkenlosen Himmel. Am goldenen Sandstrand tummelten sich viele Badegäste. Fahrgastschiffe kreuzten auf dem See. Zudem gab es die Möglichkeit, Kanus oder Tretboote auszuleihen.

Gelb ist die Farbe des Lichts aber auch der Heiterkeit, Leichtigkeit und Freude. Genau dieses Gefühl stellte sich beim Anblick der Sonne über dem See ein. In dieser immer hektischer werdenden Welt gerät die Kunst der Entspannung oft in den Hintergrund. Erholung kann vieles bedeuten, passiert aber dann, wenn man das Gefühl hat, den Kopf abzuschalten. Stefan lag am Strand und ließ erst einmal das Lenkrad los, womit er die letzten Stunden gesteuert hatte. Er stellte jegliche Aktivität ein, die eine intensive körperliche Anstrengung erforderten und ließ seinen Geist zur Ruhe kommen. Nach und nach verstummten die Geräusche um ihn. Er kehrte ein in eine erholsame Stille, ohne seinen Sohn aus den Augenwinkeln zu verlieren, der im Wasser tobte. Sowohl sein Körper als auch sein Geist brauchten ein paar Stunden der Ruhe.

Die sonnigen Vogesen offenbarten sich als ein landschaftlich vielfältiges und naturbelassenes Mittelgebirge. Idyllische Seen und romantische Schluchten luden ebenso ein, wie verträumte Dörfer, Klöster und Burgruinen.
Dieses Gebirge der Stille und des natürlichen Zaubers lud Stefan und Benjamin zum nächsten Abenteuer ein: der Erkundung seines höchsten Gipfels. Von Gérardmer, das zum Naturpark Ballons des Vosges gehört, erreichten und erlebten sie in nur wenigen Kilometer den vielfältigen Reichtum der Hochvogesen.
Von Gérardmer in den Nachbarort Xonrupt-Longemer war es nur ein Katzensprung. Vorbei am Lac de Longemer, einem zauberhaften See, an dem bereits Karl der Große einen riesigen Hechts geangelt haben soll. Weil er so imposant war, verschonte er ihn deshalb und hängte ihm sein Halsband und die goldene Glocke seines Windhunds um. Man erzählte auch jetzt noch, an schönen Sommerabenden kann man, wenn man ganz genau hinhört, ihn immer noch klimpern hören.

Nachdem sie den See passiert hatten, begann der Aufstieg zum Col de la Schlucht. Zunächst ging es entlang einer kaum befahrenen Straße, die äußerst reizvoll am Lac de Retournemer vorbeiführte, einem kleinen Waldsee. Danach zweigte die Straße in die etwas belebtere Route de Colmar, die nahtlos in die Passstraße Col de la Schlucht verlief, die Straße, die die Städte Munster und Gérardmer miteinander verband. Hier befand sich die historische Grenze zwischen dem Herzogtum Lothringen und der Grafschaft Elsass. Zwei Kilometer weiter erreichten sie den Abzweig zur Hochstraße Route des Crêtes in Richtung Grand Ballon.

Der Grand Ballon ist der höchste Gipfel der Vogesen. Dieser, alle anderen Gipfel des elsässisch-lothringischen Gebirges überragende Berg, ist 1424 m hoch. Etwa 500 Jahre v. Chr. wurde hier oben der Sonnengott Belenus, die oberste Gottheit der Kelten, verehrt, von dem der Name Belchen abgeleitet sein könnte. Vom Parkplatz erreichten die beiden Wanderer in zwanzig Minuten den Gipfel. Auf dem Gipfel des Großen Belchen erhob sich das Denkmal der Blauen Teufel, einem Gebirgsjäger-Bataillon, das in die Kämpfe des Ersten Weltkriegs verwickelt war. Außerdem gab es eine Wetterstation und eine Radarstation, die sich wie ein riesiger Fußball auf der Spitze des Berges erhob.

Oben blies ein kräftiger Wind, doch die Aussicht war großartig. Den beiden bot sich ein einzigartiger Panoramablick, der vom Schwarzwald über den Jura bis zu den Alpen reichte. Nordwestlich zeigte sich der gipfelreiche Vogesenkamm, der sich über der Route des Crêtes hinaufzog zum Col de la Schlucht. Gegenüber im Westen beeindrucken Drumont und Ventron. Erhabenheit war das Gefühl, das sich in ihnen ausbreitete, als sie den Rundblick wagten, den Berg unter sich, der noch zuvor so gewaltig wirkte. Vater und Sohn spürten ein unbändiges Glück in sich aufsteigen.

Auf ihrem Weg nach oben hatten die beiden etwas Besonders entdeckt: eine Sommerrodelbahn. Stefan beschloss deshalb, dass sie dieses Abenteuer gemeinsam eingehen sollten. Die Sommerrodelbahn Le Markstein hatte zwei Besonderheiten: Erstens war sie vom recht seltenen System Bob France, wo die Schlitten mit luftgefüllten Gummireifen in einer Schiene liefen, und zweitens wurde als Schlepplift ein Stangenschlepper eingesetzt.

Mit dem Stangenschlepper ging es hoch hinaus. Nach siebzig Höhenmetern klinkte der Schlitten automatisch aus und mit einem wunderbaren Blick auf den Vogesenkamm startete die 1200 Meter lange Talfahrt.

Mit einem leichten Kribbeln im Bauch begann die Abfahrt ins Tal. Benjamin vor Stefan. Die Sonne brannte vom heiteren Himmel. Der Wind wehte um die Nase und pfiff um die Ohren. Nach der zweiten Kurve nahm der Schlitten richtig Fahrt auf, und so sauste er rasant in die Tiefe. Für einen kurzen Augenblick erinnerte sich Stefan an den Film »Schussfahrt nach San Remo«. Doch bei der Fahrt sollte er sich davon nicht ablenken lassen. Besser: Auf die Kurven konzentrieren und sich richtig reinlegen, Augen auf die Fahrbahn! Er wurde zum rasenden Stefan und sauste hoch konzentriert mit einer ungeheuren Geschwindigkeit im absoluten Adrenalinrausch durch die Kurven, immer darauf achtend, seinem Sohn nicht zu nahe zu kommen. Mit Spitzengeschwindigkeiten von bis zu 40 Kilometern pro Stunde war es die perfekte Kombination aus Action und Naturerlebnis. Als Pilot bestimmte er selbst, wie schnell er den Berg hinunterflitzen wollte. Alles, was er tun musste, war, den Hebel vorwärts zu schieben, um Gas zu geben, und ihn zurückzuziehen, um zu bremsen. Wahnsinn!

»Völlig abgefahren, Papa!«, sprühte die Begeisterung aus Benjamin heraus.

»Ja, das war tierisch gut. Früher hat das einfach gefetzt«, lachte Stefan.

»Nochmal, Papa!«

»Später, Ben«, vertröstete er seinen Sohn und fügte hinzu, »weißt du, dass ich einen bärischen Hunger habe?«

»Versprochen ist versprochen!«

Am nächste Tag erkundeten die beiden den nördlichen Abschnitt der Route des Crêtes. Den Weg zum Col de la Schlucht kannten sie ja bereits. Diesmal bogen sie nach Norden ab. Auch der Gazon Martin ist ein Hochmoor. Auf seiner Höhe erlaubte eine schmale Straße die Zufahrt zum Lac Vert, der seine einst grüne Farbe seit der künstlichen Erhöhung des Pegels Mitte des 19. Jahrhunderts verloren hatte. Dunkelgrüne Tannenwälder rahmten den See dafür noch immer. Durch ausgedünnte Wälder gelangten sie vorbei am Hochmoor des Gazon du Faing und später an die Roche des Fées, wo wild aufeinander getürmte Granitblöcke aus der allmählichen Landschaft hervorbrachen. Ein Stand mit Würsten und Munsterkäse verwies auf die Möglichkeit, beim nun folgenden Col du Calvaire über die D 48 II ins Munstertal abzubiegen. Ganz so weit sollte es nicht gehen, doch ein kurzes Stück auf dieser Straße führte bald zum Lac Blanc. Steile, gräulich blaue Felsen rahmten den azurblauen Gletschersee. Nackter, quarzhaltiger Fels, der den See hell scheinen ließ, unterstrich die rüde Schönheit. Bedrohlich kippten Geröllfelder zum Wasser ab, in dessen glatter Fläche sich die Berge spiegelten. Am Ende fuhren die beiden durch kathedralhohe, dunkle Tannenwälder über den Col de Bonhomme, den Col de Bagenelles nach Le Bonhomme. Wer Serpentinen mag, der war hier genau richtig. Auf einer Serpentinenfahrt in den Bergen, wusste Stefan, war aus dem Motorengeräusch die italienische Nationalhymne entstanden.

Nur zwanzig Minuten später erreichten die beiden Kayserberg, ein bemerkenswertes Juwel mittelalterlicher Baukunst, welches sie mit vielen historischen Glanzstücken begeisterte: die Kirche

Sainte Croix mit ihrem wunderschönen geschnitzten Holzaltar, die befestigte Brücke über den Flüsschen Weiss, die von der Burg Schlossberg aus dem 13. Jahrhundert dominiert wurde, die mittelalterlichen Stadtmauern und Türme, die reich verzierten Fachwerkhäuser aus verschiedenen Jahrhunderten und auch das Geburtshaus des berühmte Forschers Albert Schweitzer, der 1952 den Friedensnobelpreis erhielt. Seine Philosophie »Ehrfurcht vor dem Leben« hat auch heute noch große Bedeutung. Das Schweitzer Museum wurde im Haus daneben Geburtshaus eingerichtet. Im Hof befand sich die Kirche, in der der Vater von Albert Schweitzer predigte.

Stefan und Benjamin fuhren weiter nach Colmar. Colmar gilt aufgrund seiner Lage entlang des Lauch Flüsschens und seiner wunderschönen und gut erhaltenen Fachwerkhäuser als eine der schönsten Altstädte in ganz Frankreich. Als Stefan und Benjamin durch die schmalen Gässchen schlenderten, folgten sie dem belebtem Strom der Touristen. Es schien, als ginge es in dieser Stadt nur ums Essen und Genießen. Die Dichte von Restaurants, Brasserien, Patisserien, Bars, Cafés war enorm und zur Mittagszeit alle prall gefüllt. Sie fanden ein gemütliches Restaurant, das sie zum Schlemmen einlud. So wurde es ihnen schnell ganz warm ums Herz.

»Bonjour messieurs, was möchten Sie essen?«, fragte der Kellner lächelnd.

»Was würden Sie uns empfehlen. Wir möchten etwas Typisches aus der Region, etwas, was zu uns passt«, antwortete Stefan.

Der Kellner musterte die beiden und sprach dann.

»Für den jungen Mann empfehle ich einen Flammkuchen. Wir nennen ihn Tarte flambée, man könnte sie auch als elsässische Pizza bezeichnen, doch ist der Teig viel dünner. Wir backen sie natürlich in einem Holzofen. Für den Herrn Papa empfehle ich Civet de lièvre, zu Deutsch Hasenpfeffer, marinierte Hasenstücke, goldbraun gebraten, mit Pfifferlingen, ein paar

Croûtons und Spätzle. Soll es das sein?«
»Was meinst du, Ben, das klingt wirklich lecker«, Ben nickte.
»Genauso machen wir das. Und zwei Apfelsaft, bitte.«
Und dann kamen die beiden Speisen auf den Tisch.
»Bon Appetit«, wünschte der Kellner.
»Wow, ist die knusprig!« stöhnte Benjamin nach dem ersten Bissen, »irgendwie göttlich, etwas rauchig, dann wieder scharf. Die schmeckt mir, Papa!«
»Wow, mein Fleisch ist zart wie Butter, würzig pfeffrig, dann die Pilze, einfach genial. Wir haben gut gewählt, mein Sohn.«
Nach dem Essen startete die beiden noch eine kleinen Sightseeingtour durch den pittoresken Ort. Unter anderem besuchten sie das Haus Pfister, die ehemalige Zollstation Koifhus, das Martinsmünster, die Hauptkirche der Stadt Colmar und auch das Maison des Têtes, das von 100 Köpfen und Masken verziert wurde. Weiter ging es mit der Petersbrücke, von wo aus sie einen herrlichen Blick auf das wohl schönste und am Fluss Lauch liegende Viertel Krutenau genießen konnten. Hier befand sich das berühmte Klein Venedig, das vor allem mit seinen pittoresken Häusern und schönen Brücken für jede Menge Begeisterung sorgte.
Unweit von Colmar pausierten die beiden noch einmal kurz im beschaulichen Munster. Rings um den Markt fanden sie den historischen Kern der Stadt. In unmittelbarer Nähe wurde einst die ursprüngliche Abtei gegründet. Über der Fassade des Rathauses, dessen vordere Front aus dem Jahre 1550 stammte, prangte der doppelköpfige Adler, der von seiner früheren Zugehörigkeit zum kaiserlichen römischen deutschen Reich zeugte. Auf dem Rathausdach klapperten etliche Störche in ihren Nestern. So viele Störche und Nester auf einem Dach hatte Stefan noch nie gesehen - das war sensationell.
Als die beiden von Westen her den Col de la Schlucht erklommen, erinnerte sich Benjamin an die Sommerrodelbahn und an Stefans Ehrenwort.

»Papa, ich sage nur Rodelbahn und Versprechen!«

»Sieh mal, es ist schon spät, Ben. Und dann haben wir heute so viel Geld ausgegeben, dass ich befürchte, wenn wir jetzt noch schnell dorthin düsen, dass wir nicht mehr genügend France für die Zeltplatzrechnung haben. Sei nicht traurig, wir hatten heute doch einen schönen Tag, oder?«

»Du hattest es versprochen!«, erwiderte Benjamin enttäuscht.

»Manchmal ändern sich die Dinge im Leben. Wir werden sicherlich ein anderes Abenteuer erleben. Sei nicht traurig!«

Es wurde Zeit, Abschied von Frankreich zu nehmen. Am nächsten Morgen bezahlte Stefan die Platzgebühren. Zum letzten Mal erklommen sie den Col de la Schlucht, sagten zu Colmar Au revoir, stießen hinter Artzenheim auf den Rhein, querten diesen am Kaiserstuhl, begleiteten ihn auf seiner rechten Uferseite nach Norden.

Plötzlich begegnete ihnen ein Werbeschild: Europapark Rust. Nichts ahnend, was auf sie zukommen sollte, machte Stefan den Vorschlag, sich die ganze Sache mal für ein, zwei Stunden anzuschauen. Bereits beim Eintritt wurde dieser Vorschlag wie von einem Tsunami hinweggefegt. Solche einen Freizeitpark hatten die beiden noch nie gesehen. Allein seine Dimension machte es unmöglich, nur kurze Zeit zu bleiben. Sie beschlossen, diese fantastische Welt mit der Monorail-Bahn zu erkunden. Von dort aus entdeckten sie so viele Attraktionen, dass sicherlich ein paar Tage nicht ausgereicht hätten, alle auszuprobieren, es stellte sich nämlich heraus, dass es erforderlich war, überall anzustehen.

Wenn Bäume wirklich Glück haben, werden sie zu einer gigantischen und stolzen Achterbahn! Stefan und Benjamin stiegen auf 40 Meter Höhe und sausten mit bis zu 100 km/h durch die Kurven, dass ihnen der Wind die Tränen aus den Augen drückte. Das war nur der Anfang! In einem ausgehöhlten Baumstamm wurden die beiden über Berg und

Tal geschippert. Die Fahrt begann mit dem Erklimmen eines steilen Felsens, der nicht nur ihren Puls in die Höhe trieb, sondern auch eine faszinierende Aussicht bot. Rasant ging es hinab in die Zauberschlucht der Diamanten, vorbei an majestätischen Felsformationen und tosenden Wasserfällen, ehe sie sich noch einmal rasant bergab ins kühle Nass stürzten. Am Eingang der Dunkelachterbahn begrüßte die beiden ein originalgetreuer Nachbau des Moulin Rouge von Paris. Begleitet von atmosphärischer Musik, wurden sie im Dunkeln rund um den Eiffelturm bis unters Dach einer riesigen Kugel transportiert. Von dort begann erst langsam, dann immer schneller der Flug durch die französische Nacht – begleitet von beschwingter Cancan Musik. Bunte Lichter kündigten das große Finale an, bei dem die beiden das Pariser Nachtleben und die Tänzerinnen des Moulin Rouge wieder in ihren Bann zogen.

Plötzlich packte sie einen Bärenhunger. Da waren sie im Burger Bär genau richtig: Saftige Burger versorgten jeden hungrigen Parkbesucher mit neuer Energie. Zudem eignete er sich so perfekt für eine Stärkung kurz vor der Weiterfahrt.

Innerhalb von zwei Stunden passierten sie Offenburg und Karlsruhe und landeten in Heidelberg auf einem Campingplatz direkt am Neckar. Abenteuer hatten sie genug für diesen Tag. So saßen sie zu zweit am Ufer des Neckar und erfreuten sich der Stille des Flusses.

»Weißt du«, begann Stefan, »der weise Schriftsteller Hermann Hesse schrieb in seinem Buch Siddhartha einst: *Der Fluss ist überall zugleich, am Ursprung und an der Mündung, am Wasserfall, an der Fähre, an der Stromschnelle, im Gebirge, überall zugleich, und dass es für ihn nur Gegenwart gibt, nicht den Schatten Vergangenheit, nicht den Schatten Zukunft.* Immer, wenn ich an einem Fluss sitze, kommen mir diese Gedanken in den Sinn. Wir sind auch wie ein Fluss, mein Sohn. Denke immer daran, es gibt nur eine wichtige Zeit: Jetzt und

Hier. Ich danke dir für diesen schönen Tag, den ich mit dir erleben durfte und die Zeit, die wir im Moment der Stille hier miteinander genießen.«

»Danke, Papa, es war, nein, es ist ein schöner Tag! Nun bin ich richtig müde.«

Stefan schlief tief und fest am Ufer des Flusses und träumte vom historischen Heidelberg, seiner altehrwürdige Universität, der gotischen Heiliggeistkirche und den roten Sandsteinruinen des Heidelberger Schlosses auf dem Hügel Königstuhl.

Nach dem gemütlichen Frühstück verstauten sie ihre Sachen im Auto und fuhren weiter Richtung Norden, passierten Darmstadt und Frankfurt am Main und landeten nach drei Stunden im gemütlichen Baunatal im Süden Kassels. Hier wohnten Verwandte von Stefans Vater, deren Existenz sich erst vor ein paar Jahren offenbarte. Stefan wollte einfach guten Tag sagen und die familiären Beziehungen etwas auffrischen. Michael, wenn man wollte, Stefans Kusscousin, hatte Urlaub und bot sich an, mit den beiden Besuchern, seine Oma zu besuchen. Stefan kannte sie und ihre Schwester von einem Besuch vor vielen Jahren. Damals war er grad zelten am Barleber See. Die beiden alten Damen schlüpften zu ihm ins Zelt, lachten vergnügt und fanden es dufte, die Zeit im Freien zu verbringen. Sie waren beide aktive Wandervögel, eine Bewegung junger Menschen aus vergangenen Zeiten.

Michael machte die beiden darauf aufmerksam, dass die alte Dame inzwischen dement sei. Und als sie bei ihr ankamen, sagte sie sofort:

»Da bist du ja endlich, mein Junge, komm, wir müssen deinen Vater vom Bahnhof abholen!«, sie hatte Angst, diesen Termin zu verpassen. Obwohl ihr Mann und auch ihr Sohn nicht mehr lebten, sagte sie immer wieder:

»Ich darf seine Ankunft nicht verpassen, Herbert«

Michael ging gefühlvoll auf sie ein.

»Du bist sehr unruhig und besorgt, das Treffen zu verpassen, Oma. Zu spät kommen sollte man nicht. Du bist gerne pünktlich. Auf dich ist Verlass. Opa wird am Bahnhof sein. Aber es ist noch etwas Zeit. Schau einmal, wen ich dir mitgebracht habe! Das sind Stefan und Benjamin. Sie haben dir Blumen mitgebracht.«

Die alte Frau schaute die beiden verwirrt an und fragte: »Wer sind Sie? Was wollen Sie? Sind die Blumen für mich? Das ist aber lieb!«

»Vor langer Zeit haben wir beide einmal gemeinsam in einem Zelt gesessen. Das Wandern ist des Müllers Lust«, begann Stefan ein bekanntes Lied. Die Augen der Großtante begannen zu leuchten. Stefan empfand tiefes Mitgefühl und Benjamin begriff nicht so recht, was grad vorging.

Der letzte Tag brach an. Michael hatte eine Überraschung für die beiden vorbereitet:

»Bevor ihr endgültig in den Norden zurückfahrt, möchte ich Euch noch etwas zeigen. Lasst mich mit meinem Auto voranfahren und folgt mir unauffällig«, griente er.

Stefan und Benjamin schauten verdutzt.

»Keine Angst, ihr könnt mir vertrauen.«

Sie fuhren ihm hinterher, bis Stefan in eine Straße abbog und auf einem Parkplatz stehenblieb.

»Hier befindet sich der weltweit einmalige Bergpark Wilhelmshöhe. Nirgendwo sonst wurde ein Park dieser Größe an einem steilen Hang angelegt. Besonders ist auch die Inszenierung des Wassers am Berg: In einem gewaltigen Schauspiel stürzt es vom Herkules-Monument über künstliche Felsformationen, Kaskaden und ein Aquädukt herab. Doch kommt, schaut selbst. Es ist einmalig schön.«

Die beiden staunten, wie in diesem barocken Kunstwerk, in dem unterschiedliche Strömungen der Gartenarchitektur, Kunstgeschichte und Technikgeschichte bis heute unverfälscht nachvollziehbar waren, ihnen sich ein Wunder offenbarte. Feine Tropfen wehten auf die drei lachenden Besucher. Es brauste und toste. Ihre Blicke richteten sich auf die Ruine eines Aquädukts. Seit ein paar Minuten stürzte dort ein reißender Bach dreißig Meter in die Tiefe. Das war einmalig auf der Welt, ein wahrhaftes Wunder.

»Kommt, ich habe noch eine Überraschung!«, spornte er die beiden an, »folgt mir, es ist nicht mehr weit!«

Michael fuhr vor ihnen, sie verließen das Stadtgebiet von Kassel, querten die Grenze nach Niedersachsen und hielten im beschaulichen Städtchen Hann. Münden, mit seiner idyllischen Lage an den drei Flüssen Fulda, Werra und Weser und den vielen Fachwerkhäusern aus sechs Jahrhunderten. Michael führte seine beiden Gäste auf den Tanzwerder, einer zweigeteilten Flussinsel, worauf ein großer Felsstein unter einer mächtigen Kastanie stand. Darauf war zu lesen:

Wo Werra sich und Fulda küssen
Sie ihre Namen büßen müssen.
Und hier entsteht durch diesen Kuss
Deutsch bis zum Meer der Weserfluss.

»Jetzt wisst Ihr also, warum Münden Münden heißt? Ja klar, hier münden Werra und Fulda. Die Werra kommt aus dem Thüringer Wald, die Fulda aus der Rhön. Sie vereinigen sich, um genau zu sein an dieser Stelle zur Weser«, wusste Michael zu berichten.

»Da haben wir kurz vor dem Ende unserer Reise noch etwas dazu gelernt, nicht wahr, Ben?« ergänzte Stefan.

»Der Höhepunkt des Tages kommt erst noch«, behauptete Michael.

»Du machst uns schon wieder neugierig!«

»Gleich um die Ecke gibt es eine hervorragende italienische Eisdiele. Ich lade euch beide zum Abschluss ein. Kommt!«

»Wisst ihr was? Eis ist nicht nur nahrhaft, es hebt die Stimmung, sorgt für Entspannung, steigert die Kreativität und Abwechslung, bereitet gemeinsam Freude, wie ihr seht und – das ist das Allerwichtigste – verbrennt Kalorien beim Schlecken«, lachte Stefan

»Und es schmeckt zum Gotterbarmen lecker«, ergänzte Michael.

»Mmmmhhhh«, Benjamin war begeistert am Ende der Reise.

Neuorientierung

Der Sommer ging seinem Ende entgegen. Martina hatte ihre Prüfung zum Führerschein bestanden und übte nun fleißig das Fahren. Martin bewarb sich erfolglos bei mehreren Firmen. Im September bekamen die beiden mit, dass ein altes Fachwerkhaus einen neuen Mieter für ein Gewerbe suchte. So kamen sie auf die Idee, erzgebirgische Handwerkskunst dort anbieten zu wollen. Selbstverständlich hatten sie keine blassen Schimmer, wie das funktionieren sollte, aber sie entwarfen einen Plan, bewarben sich bei dem Vermieter in der Hauptstraße, holten Angebote aus Thüringer Glasbläsereien und dem erzgebirgischen Schnitzereien ein. Der Plan schien zu funktionieren, doch letztendlich scheiterte er an den Auflagen für den Brandschutz.

Am 1. Oktober feierte Stefans Oma mit ihrer Familie und den Freunden ihren achtzigsten Geburtstag. Stefan nutzte die Gelegenheit zu ein paar passenden Worten:

»Da wir noch nicht das selige Alter von achtzig Jahren erreicht haben, möchte ich mir als ältester Enkel erlauben, ein wenig aus den Memoiren der Jubilarin zu plaudern.

Als du, liebe Oma, vor achtzig Jahren im Schlesischen geboren wurdest, stand die Welt unter keinem guten Stern. Zwei Jahre später begann der Kaiser, Krieg zu führen. Die Jahre deiner

Kindheit waren oft hart, es waren Jahre des Krieges, der Inflation und der Not.

Als junges Mädchen lerntest du deinen Anton kennen. Es war Liebe auf den ersten Blick. Euer junges Glück währte nicht lange, die Arbeitslosigkeit ließ euch ein karges Leben führen, zumal euer kleines Töchterlein nach Milch verlangte. Dennoch hattet ihr viele schöne Stunden miteinander. Diese Hungerzeit schmiedete euch fest zusammen.

Nachdem euer zweites Töchterchen geboren wurde, breitete die Nacht des Krieges ihre entsetzlichen Schwingen des Todes aus. Der zweite Weltkrieg nahm dir mit bisher ungekannter Grausamkeit mehrere deiner Brüder. Zudem musstest du lange um deinen geliebten Anton bangen, erst auf dem Schlachtfeld, später in der Gefangenschaft. Es waren Jahre der Angst, der Vertreibung und der Flucht.

Nach dem Krieg konntet ihr in der Börde ein friedliches Familienleben führen. Es waren die heldenhaften Jahre des Wiederaufbaus und Jahre der mühsamen Arbeit.

Deine Töchter wurden erwachsen und heirateten. Bald darauf stellten sich Enkelsöhne ein. Inzwischen sind es fünf und drei Urenkel. Dieses Glück wurde durch die jahrelange, schwere Krankheit unsere Opas und seinem frühen Tod getrübt. Lang trauertest du, um den Verlust zu überwinden.

Doch eines Tages begann sich dein Leben zu ändern. Ein neuer Mann trat in dein Leben. Mit ihm konntest du in Kirchweyhe noch viele glückliche, am Ende aber auch schwere Jahre verleben.

Vor drei Jahren begann noch einmal ein neues Leben für dich. Nach jahrelanger Trennung beider Teile Deutschlands und unserer Familien kam es zur Wiedervereinigung. Heute und hier möchten meine Familie und ich dir noch einmal besonders Danke sagen, dass du uns hier im Westen einen neuen Start mit deiner Fürsorge erleichtert hast. Wir wünsche dir ein langes und vor allem gesundes Leben. Du lebest hoch, hoch, hoch!«

Einige Zeit später begegnete Stefan seinem ehemaligen Kollegen, der zeitgleich mit ihm entlassen worden war. Der erzählte ihm, dass er jemanden kennengelernt hätte, der ihm einen großartigen Job in Aussicht gestellt hätte, und dass dieses Unternehmen noch weitere Mitarbeiter suchte. Dazu würde diese Firma in Kürze eine Informationsveranstaltung durchführen, und wenn Stefan Lust hätte, würde er sich erkundigen, ob Stefan dabei sein dürfe.

Der Direktionsleiter, ein Mann im feinsten Zwirn und grellbunter Krawatte begrüßte die Anwesenden. Danach hielt er einen Vortrag, in dem er das Unternehmen vorstellte. Sinn und Zweck des Unternehmens war, seinen Klienten finanzielle und steuerliche Vorteile zu verschaffen, in dem man völlig anders als jede Bank und Versicherung erst einmal analysierte, wie der Klient finanziell aufgestellt war, um ihm dann die für ihn passenden Lösungen zu präsentieren, sei es, um ihn abzusichern, Geld gewinnbringend anzulegen, Miete in Eigentum zu verwandeln oder Steuern zu sparen.

»Nur einmal angenommen, Sie hätten die Möglichkeit, die Lücke zwischen ihrem Bruttoeinkommen und ihrem Nettoeinkommen auf ein Minimum senken. Mal ganz ehrlich. Wer von Ihnen würde wissen wollen, wie das funktioniert? Hände hoch!« Alle hoben ihre Hände.

»Wer von Ihnen kennt mindestens einen Menschen, für den das noch interessant wäre? Hände hoch!« Erneut hoben alle wieder ihre Hand.

»Mal angenommen, auch Sie hätten die Möglichkeit, nach Feierabend mehr Geld zu verdienen als in Ihrem regulären Job, indem Sie diese Vorteile anderen Menschen aufzeigen, wie das geht. Für wen wäre das interessant? Hand hoch!« Erneut flogen alle Hände nach oben. Dann zeigte er auf, wie viel Geld man verdienen könne und was man dafür tun müsse und wie einfach das ginge, wenn man selbst Mitarbeiter führen würde.

Der Vortrag des Direktionsleiters war ein Feuerwerk. Das Angebot der Gesellschaft klang durch und durch logisch, geradezu brillant, sowohl für die Kunden als auch für den Mitarbeiter. Ziel war es, mit jeder durch den Kunden investierten Mark, mehr zu erwirtschaften. Wer würde das nicht wollen? Noch erstaunlicher waren die Einkommensaussichten und die Karrieremöglichkeiten. Wahnsinn! Der Enthusiasmus des Vortragenden wirkte ansteckend. Beinahe wäre Stefan aufgesprungen und hätte nach dem ersten Kunden geschrien. »Wenn von dem, was der Mann erzählt hat, nur die Hälfte wahr ist, dann ist das ein Super Job«, meinte Stefan zu seinem Kollegen auf dem Weg nach Hause.

Stefan sprühte vor Begeisterung. Nun musste er lernen, wie man richtig telefoniert und sich mit möglichen Kunden verabredet. Bereits nach wenigen Tagen der Trockenübungen wurde es ernst. Stefan hatte all seine Utensilien auf dem Tisch ausgebreitet. Da stand das Telefon, dort lagen die Telefonnummern. Dreimal nahm er Anlauf. Schweißperlen standen ihm auf der Stirn. Er griff zum Hörer, legte ihn wieder auf. Er nahm den Hörer ein zweites Mal, wählte, hörte das Freizeichen. Beinahe wäre er in Ohnmacht gefallen, als sich der erste Kunde meldete. Stefan nahm all seinen Mut zusammen und stammelte seinen roten Faden herunter. »Nein, das brauche ich nicht«, sagte die Stimme am anderen Ende der Leitung. Er begriff nicht, wieso. So versuchte er es ein zweites Mal, wieder ohne Erfolg. Nummer für Nummer wählte er. Jedes Nein versetzte ihm einen Schwinger in den Magen. Nach einem Dutzend Anrufen triefte er vor Schweiß. »Ich versuche es ein letztes Mal«, dachte er. Als er am anderen Ende ein Ja hörte, war er völlig perplex. Sofort meldete er seinem Trainer das positive Ergebnis. Der spendete Beifall: »Super, Stefan. Nur, weil Sie nicht aufgegeben haben, ist ihnen ein solch toller Erfolg gelungen. Weiter so!«

Vor dem ersten Gespräch mit einem Kunden zitterten ihm die Hände, er brachte es mit Ach und Krach hinter sich. Schließlich handelte es sich im Sinne des Unternehmens nur um die Bestellannahme. Das erste Verkaufsgespräch wurde zum totalen Flop. Es war, als hätte der Kunde nur auf ein falsches Wort gewartet. Sanft, aber mit Nachdruck wies der Klient Stefan die Tür.

Trotz aller Schwierigkeiten, beschloss Stefan, den Schritt in die Selbständigkeit zu wagen. Er plante die Einnahmen, die Kosten, erntete beim Steuerberater ein müdes Lächeln, meldete sich beim Arbeitsamt ab und sein Gewerbe an. Zunächst brauchte er ein neues Auto. Ohne Probleme gab ihm die Bank einen Kredit über zwanzigtausend Mark.

Doch auch mit dem neuen Wagen fuhr er den Erfolg nicht rasanter und nicht geregelter ein. Monat für Monat rackerte er sich ab, um die Miete und die Raten für das Auto aufzubringen. Zum Leben blieb nicht sehr viel übrig. Zweifel schlichen sich ein, machten ihn unsicher. Je verkrampfter er wurde, desto schwieriger wurde es beim Verkauf. Sein Trainer motivierte ihn. Doch sein Selbstvertrauen schwand, sobald er das Büro verlassen hatte. Selbst in erfolgreichen und siegessicheren Situationen, blieb dieses bange Gefühl erhalten. Bei jeder Beförderung fühlte er sich miserabel. Mit einem Prickeln im Rücken ließ er die Lobeshymnen über sich ergehen. Niemand ahnte, dass er kaum noch Geld hatte zu tanken.

Doch auch in Zeiten großer Geldknappheit haben Martina und Stefan an ihren Sohn gedacht. Benjamin war der jüngste, der mit dem KnaxKlub ins Disneyworld nach Paris fahren durfte. Ein anderes Mal fuhr er mit seinem Freund und dessen Eltern nach Legoland in Dänemark. Als Stefan im darauffolgenden Sommer das nötige Geld und die Zeit fehlte, fuhr Martina mit Benjamin allein nach Holland. Die zwei hatten viele schöne Erlebnisse miteinander. Als Stefan sie dort abholte, besuchten sie gemeinsam einen Freizeitpark.

Im September 1993 hatte Stefan einen Klienten, der seinen Bruder in Braunschweig empfahl. Dieser hatte als Kunstlehrer ungeheuer viel Steuern zu bezahlen. Stefan fand eine Lösung für sein Problem und verdiente zum ersten Mal eine größere Summe Geldes dabei. Da sie sich beide für Kunst und Literatur interessierten, blieben sie auch später bis zum frühzeitigen Tod des Klienten in freundschaftlichem Kontakt.

Das folgende Jahr wurde zu einer schweren Prüfung für die Liebe zwischen Stefan und Martina. Die Tätigkeit beim Finanzdienst brachte nicht die erhofften Einnahmen. Im Nachhinein sah Stefan, dass es ihm nicht nur an der nötigen Ausbildung und am angebrachten Fleiß fehlte, sondern auch an einer gewissen Skrupellosigkeit, die diese Arbeit abverlangte. Andererseits war er auf eine Selbstständigkeit und der damit einhergehenden Erfordernissen einfach nicht vorbereitet. Ihm fehlten neben den fachliche und den individuellen Fähigkeiten auch die entscheiden Glaubenssätze und die notwendige Hartnäckigkeit, dieses Geschäft erfolgreich umzusetzen. Der gesamte Prozess wurde durch den Finanzdienst so einfach dargestellt, dass jeder glaubte, es ginge auch einfach. Einfach viel Geld zu verdienen, das gab es einfach nicht. Es steckte immer harte Arbeit dahinter. Das Schlimmste war, dass die Manipulation durch seine Vorgesetzten ihn immer weiter von seinem Selbst entfernte. Stefan wirkte in jener Zeit unerträglich, unseriös und arrogant.

Wenn Martina arbeitete, war er zu Hause. Wenn Martina zu Hause war, versuchte er Geld zu verdienen. Dieser Versuch trieb das Paar mehr und mehr in die Schulden. Der chronische Geldmangel zerrieb die Liebe wie das Mehl zwischen den Mahlsteinen einer Mühle. Er fühlte sich schuldig. Er fühlte sich unfähig. Er fühlte sich verzweifelt. Er fühlte sich mutlos und ungeliebt.

Eine Tages meldete sich seine Bank und forderte den Ausgleich eines Darlehens. Stefan wusste sich keinen Rat und bat seine Eltern um Hilfe. Sie versprachen, darüber nachzudenken. Schließlich kam es zu einer Familienkonferenz, die bei seiner Oma im Wohnzimmer stattfand.

»Wenn Du mit finanziellen Problemen zu kämpfen hast, solltest Du bei den Menschen, die Dir nahestehen, um Unterstützung bitten. Dies ist wichtig, denn Schulden betreffen die gesamte Familie«, eröffnete sein Vater das Gespräch.

»Ich bin doch zu Euch gekommen«, entgegnete Stefan.

»Erst als deine Bank deine Darlehen fällig gestellt hat, bist du gekommen. Warum hast du nicht rechtzeitig über deine finanziellen Probleme gesprochen?«, fragte seine Mutter entsetzt.

»Wie konnte es dazu nur kommen, Stefan«, erkundigte sich Christian.

»Mal ehrlich, du hast immer den großen Macker heraushängen lassen. Immer gut gelaunt, voller Optimismus, neuer Wagen, schnieker Anzug und teure Krawatte. Wie sollen wir dich jetzt nennen? Niete in Nadelstreifen?«, urteilte Andreas.

Stefan fühlte sich elend vor dem Familiengericht.

»Die Bank forderte eine Sicherheit von mir«, erklärte sein Vater, »sie wollte, dass ich sie ins Grundbuch eintragen lasse. Kannst Du dir das vorstellen, mein Sohn?«, tönte sein Vater und wiederholte es noch einmal etwas lauter, »Kannst Du dir das vorstellen, mein Sohn?«

»Du bist Diplom Ingenieur, Stefan. Suche dir doch etwas in deiner Branche. Da verdienst Du gut. Dann hast du auch genügend Sicherheit für dich und deine Familie«, betonte Andreas seinen akademischen Ratschlag, »Und höre endlich mit dieser großkotzigen Art auf. Das passt nicht zu Dir!«

»Ah, was zu mir passt, weißt du also besser als ich«, wand Stefan ein.

»Du warst einmal mein Vorbild, Stefan. Du bist intelligent und hast Erfindungen gemacht. Du hast mich inspiriert, die Bücher zu lesen, die Du gelesen hast und die Musik zu hören, die Du gehört hast. Du bist weit gereist und hast andere Kulturen kennengelernt. Und nun lässt du dich von ein paar wahnsinnigen Psychopathen kaputtmachen. Ich kann es einfach nicht fassen«, redete sich Andreas in Rage.

»Wie soll es mit dir weitergehen? Wie sieht deine Lösung für dein Problem aus?«, erkundigte sich Christian.

»Ehrlich? Ich weiß es nicht!«, stotterte Stefan.

»Nun, wo die Geheimnisse ans Tageslicht gekommen und das Kind in den Brunnen gefallen ist, sollten wir Streit und gegenseitige Vorwürfe vermeiden. Besser ist es, wir suchen gemeinsam eine Lösung, die tragbar ist, Andreas«, warf der Vater beschwichtigend ein.

Stefan wurde immer apathischer. Es war, als hörte er nur dumpfe Laute in sein Ohr dringen und lauter Fratzen auf ihn einreden. Er baute wortwörtlich eine Mauer auf, die jeden Austausch blockierte und ließ alle Vorwürfe ins Leere laufen. Er verschloss sich unbewusst und ließ keine Unterhaltung, und damit keine Problemlösung, zu und zog sich innerlich zurück. Es war ein Schutzmechanismus, der bei ihm nicht bewusst, sondern instinktiv einsetzte.

»Bist du eigentlich wahnsinnig?«, brülle Andreas ihn nun an, »wir sitzen hier mit dir zusammen, um für dein Problem eine Lösung zu finden. Und du mauerst!«

Stefan konnte nicht mehr und lief weinend nach draußen vor die Tür und brach schluchzend zusammen.

Christian nahm ihn in den Arm.

»Komm wieder mit hinein, Stefan. Wir finden eine Lösung. Ist wohl alles ein wenig aus dem Ruder gelaufen.«

Auch Andreas und die Eltern der Jungs hatten sich wieder beruhigt. Stefan Vater bot an, den Kontorahmen unter der Bedingung auszugleichen. Stefan sollte fortan ehrlich darüber sprechen und alle Familienmitglieder einbinden, wenn es darum geht, das Haushaltsbudget einzuhalten. So würde es ihm leichter fallen, seine Ausgaben zu planen und dafür zu sorgen, dass die Schulden nicht wieder stiegen. Schließlich nahmen sich alle in die Arme und waren sich sicher, das Problem gelöst zu haben.

Kurzschluss

Doch es kam anders. Stefan war mehr und mehr erschöpft und müde. Er hatte keine Kraft mehr, keine Kraft mehr zur Arbeit und keine Kraft mehr, sich selbst z belügen. Er quälte sich nur mit größter Mühe aus dem Bett, konnte sich kaum mehr aufraffen, Initiativen zu ergreifen. Er fühlte sich ausgelaugt und lustlos, spürte schlicht keine Lebensfreude mehr. Er fühlte sich oft traurig und innerlich leer. Er hatte all seine Hoffnung aufgegeben, so dass sich Ausweglosigkeit breit machte. Seine Stimmung war oftmals düster und gedrückt. Wie sollte so ein Mensch je etwas verkaufen? Mit jeder Niederlage verminderte sich sein Selbstwertgefühl. Er glaubte immer weniger an sich und seine Fähigkeiten, zweifelte an sich selbst, hatte das Gefühl, keine Anerkennung zu verdienen. Sein Gefühl von Wertlosigkeit und Bedeutungslostigkeit häufte sich immer mehr. Es war, als blickte er durch eine getrübte Brille auf die Welt, für die Zukunft sah er schwarz. Er verlor sich in negativen Gedanken, neigte zum Grübeln und verlor den Blick für die Realität. Am Abend ertränkte er all seine trüben Gedanken in Bier.
Nach dem Weihnachtsfest 1994 hatte sein heulendes Elend einen neuen Höhepunkt erreicht. Er wollte nur noch weit weg und sich seiner Verantwortung entziehen. Stefan wollte von nichts mehr wissen. Dann kam ihm der Gedanke: »Du fährst jetzt irgendwo hin und machst dieser Tragödie ein Ende.«

Jedoch Stefan keine Ahnung, wohin. Er wusste nicht einmal, wie. Er hielt es mit sich selbst und der Welt einfach nicht mehr aus.

Anfänglich wollte Stefan nach Marokko, kaufte sich sogar eine Landkarte. Letzten Endes überlegte er es sich anders und peilte die Slowakei an. Er schrieb einen Abschiedsbrief, holte die letzten tausend Mark vom Konto, fuhr los in Richtung Süden, Den Brief warf er kurz vor der Grenze nach Tschechien an einer Tankstelle ein.

Stefan fuhr wie in Trance die Landstraße nach Prag entlang. Es war stockdunkel und wenig Verkehr. Er konnte nichts denken, war vollkommen leer, spürte nur seinem Atem. Ihm war, als wäre ein unsichtbarer Geist aus einer anderen Welt in seinen Leib eingetreten, der ihn vorwärtstrieb und steuerte. Er lenkte ihn durch Prag auf die fast menschenleere Autobahn nach Brno. Eintausend Kilometer lagen hinter ihm. Mitternacht war bereits vorüber, doch der Geist hockte immer noch in seinem Nacken. Es war, als läge dem eine Ambivalenz zwischen Leben und Tod zugrunde. Die hoffnungsvollen und selbstzerstörenden Kräfte kämpften um sein Leben. Im Morgennebel lief ihm ein Fuchs vor das Auto. Es gab ein kurzes Scheppern, doch war nichts weiter zu sehen. So kam Stefan an die Grenze zur Slowakei. Alles okay. Die tschechischen Grenzer schauten in seinen Pass und ließen ihn durch. Zweihundert Meter weiter überprüften die slowakischen Grenzposten den Pass, gingen einmal ums Auto herum und holten Stefan aus dem Wagen. »Wo ist das Kennzeichen?« Das Kennzeichen vorn war weg! Was jetzt? Sie ließen ihn nicht ins Land, Stefan musste umkehren. Nun machten die Tschechen Ärger! Doch nach einigem Hin und Her durfte er wieder zurück.

Stefan fuhr an die Stelle, wo es gescheppert hatte und fand nach kurzer Zeit des Suchens sein Kennzeichen. Das Plumpsen des Steines war so laut wie ein Meteoriteneinschlag. Nun lief die Passage wie geschmiert. Eine Stunde später erreichte er das bezaubernde Städtchen Trstená, im Tal des Flusses Oravica, nahe der Grenze zu Polen. Er nahm sich im erstbesten Hotel ein Zimmer und schlief sofort ein.

Als Stefan dort erwachte, war der letzte Tag des Jahres angebrochen. Er lag auf dem Rücken im Bett und starrte die Decke an. Er fühlte sich in einem Zustand, den man dem des lebendig begraben Seins zuordnen könnte, einer Marter, die wohl die grauenvollste sein musste, die je dem Sterblichen beschieden wurde. Dass dies sehr häufig vorgekommen war, wird von keinem Denkenden bestritten werden. Die Grenzen, die Leben und Tod schieden, waren unbestimmt und dunkel. Wer konnte sagen, wo das eine endete und das andere begann? Hatte sein Körper mit dem Aussetzen der Lebensfunktionen bereits begonnen oder setzten sich die vitalen Schwingungen seines Räderwerk wieder in Bewegung. Die silberne Saite war nicht zerrissen, der goldene Bogen war nicht unrettbar zerbrochen. Wo war währenddessen seine Seele?

In ihm trat eine Entspannung ein, und er wusste nicht, wie er diese interpretieren sollte. Leben oder Sterben? Das Urteil war noch nicht endgültig. Ohne ersichtliche Ursache überfiel ihn ein apathischer Zustand, in dem er schmerz- und regungslos, ohne Denkvermögen verharrte. Es dauerte Stunden, bis er zu vollem Bewusstsein erwachte. Stefan fühlte sich übel, ihm fröstelte. Um ihn herum war alles leer, stumm und schwarz, als schwebte er tot im Weltall. Doch wie aus dem Nichts kehrte das Licht seiner Seele zurück.

Stefan sprang unter die Dusche, die mehr als ein reines Brausen war. Sie weckte die Lebensgeister und spülte neben dem Schweiß und dem Staub auch Müdigkeit und die trüben Gedanken einfach fort, ein Genuss ohne Reue.

Als Hotelgast bekam Stefan gerade noch rechtzeitig einen Platz auf der Silvesterparty. Anfangs war es unheimlich still während des Essens. Stefan genoss seinen Gänsebraten mit Lokše (Kartoffelfladen) und Sauerkraut. Nur vereinzelt erklang ein

Lachen von dem ein oder anderen Tisch herüber. Später begannen die wilden Stunden mit Musik, Bier und Borovička, einem Wacholderschnaps. Stefan verstand kein Wort, doch die rasenden Musikberserker dieses Saales offenbarten das wahre Geheimnis der slowakischen Seele, ein Geheimnis, aus der die ganze Kraft und Stärke des Volkes dieses kleinen, großen Landes geschöpft wurde, das sich zwischen dem ruhig dahinfließenden Wassern der Donau im Süden und den majestätischen Tatra-Gipfeln im Norden erstreckte. Stefan spürte die Dynamik von Polka und Csárdás, die wie heiße Lava durch seine Adern strömte. Ihm wurde schlagartig bewusst, wie ferngesteuert er doch durchs Leben torkelte. Heute war alles möglich, er spürte, wie er ohne Hemmungen tanzte und seine Seele aus dem Leib schrie. Alles versprach Heilung, bis das gesamte Publikum schweißgebadet und heftig grölend im Kreis herumrannte. Er war wieder lebendig. Es war, als wäre er an eine mit Borovička gefüllte Rakete festgeschnallt, mit der er die Schallmauer durchbrach, um mit ihr und ihrem Inhalt eins zu werden. Slowakisch kam ihm wie seine Muttersprache vor. Als die bunten Silvesterraketen explodierten, versprach er der Schallgrenze ewige Freundschaft. Er wusste nicht mehr, wo er war und wie er hierhergekommen war. Filmriss.

Als er am Neujahrsmittag erwachte, packte ihn die tiefe Reue. Es plagte ihn das üble Gift seines schlechten Gewissens wie griechische Rachegöttinnen, die ihn mit diesem unguten Gefühl tyrannisierten. Da saß er mutterseelenallein in der Fremde und wusste nicht weiter, aber er hatte keine Lösung parat. Stefan wollte nur noch eins - zurück.

Am Nachmittag machte sich Stefan auf den Weg. An das Wetter hatte er sich bereits gewöhnt. Es war frostkalt, über ihm dicke, graue Wolken und wie durch ein Fenster lugte ab und an die Sonne hindurch. Bei tiefen Wolken verließ Stefan das Gebiet der Hohe Tatra, überschritt die Grenze und steuerte am frühen Abend auf Brno zu. Auf der Autobahn nach Prag setzte heftiger Schneefall ein. Warum deshalb die Fahrzeuge alle im Schneckentempo fuhren, war Stefan nicht begreiflich. Auf manchen Abschnitten lief kaum noch etwas, so dass er erst gegen Mitternacht in Prag landete. Ihm kam die Idee, sich ein Zimmer zu suchen, verwarf sie aber wieder und beschloss, auch die Rückreise in einem Ritt zu durchfahren.

Mit der Zeit schneite es immer heftiger. Die Flocken tanzten im Scheinwerferlicht. Lkw hatten auf Parkplätzen Zuflucht gesucht. Es ging die Passstraße nach Zinnwald über enge Serpentinen hinauf. Stefan fuhr besonders konzentriert und sehr vorsichtig den Berg hinauf. Auf dem Berg an der Grenze standen etliche Lkw. Ansonsten kein Mensch weit und breit. Die Wegführung war im dichten Schneetreiben kaum zu erkennen. Wie viel Schnee auf der Straße lag, entzog sich seinem Gefühl. Stefan quälte sich im Schritttempo die Serpentinen hinunter. Folgerichtig vermied er jedes fahrlässige oder gar gewagte Manöver. Der kalte Schweiß rann ihm in Strömen von der Stirn an den Schläfen hinunter. Als er schließlich die Autobahn von Dresden erreichte, setzte die Dämmerung ein.

Erleichtert fuhr er weiter und erreichte Leipzig bei strahlendem Sonnenschein und schneefreier Straße. Nun flog er fast über die Autobahn über Halle, Magdeburg, Braunschweig bis nach Peine. Schlagartig spürte Stefan, dass er innerlich abdriftete. Obwohl seine Augen geöffnet waren, war er für einen Moment unfähig, das Auto zu kontrollieren. Er konnte nicht mehr und fuhr auf den nächsten Parkplatz, um ein Stündchen zu schlafen, denn er war inzwischen vierundzwanzig Stunden hinter dem Lenkrad.

Die restlichen Kilometer nach Hause waren gleichzeitig sein Gang nach Canossa und die Rückkehr in den Schoß der Familie. Weinend kehrte er Heim. Neben dem bodenlosen Abgrund lauerte das Riesenglück. Und am Ende behielt es die Oberhand.

»Ich bin so froh, wieder zuhause zu sein, Martina. Es tut mir so leid«, weinend nahm Stefan seine Frau in den Arm.

»Weißt du, wie fürchterliche die Erfahrung war, zu begreifen, wie allein ich war und dass du weit weg von mir, dir das Leben nehmen wolltest. Tu das nie, nie wieder! Als du weg warst, war ich erst wütend. Dann kam dein Brief, der mich tief geschockt hat. Dann dachte ich, ich trage eine Mitschuld an dieser Situation. Warum redest du nicht über deine Gefühle? Es tut mir leid, dass es dir derzeit so schlecht geht. Ich bin so froh, dass du noch da bist.«

»Ich bin angekommen bei dem Kapitel Null meines neuen Lebens, Martina. Lass uns noch einmal neu durchstarten!«

»Wir müssen uns jetzt bei der Polizei melden, Bescheid geben, dass du wieder da bist. Ich habe eine Vermisstenanzeige aufgegeben, du kannst dir nicht vorstellen, welche Kreise das hier gezogen hat! Deinen Job als Finanzmensch wirfst du in die Tonne! Das wird sowieso nichts. Du wirst etwas mit einem geregelten Einkommen finden, Stefan«, bestimmte Martina den kurzfristigen Ablauf.

»Weißt du, ich fühlte mich völlig verzweifelt. Alles schien so aussichtslos, ja hoffnungslos. Ich war völlig von Gefühlen wie Angst und Traurigkeit überwältigt. Ich habe doch eine Verantwortung meiner Familie gegenüber und kann ihr nicht gerecht werden. Wovon sollen wir leben? Wie soll alles weiter gehen? Ich habe keine Ahnung!«, brach es aus Stefan heraus.

»Da mach dir mal jetzt keine Sorgen. Das Sozialamt ist erst einmal eingesprungen, hat die Miete übernommen und zu essen haben wir auch. Deine und meine Eltern haben ihr Hilfe bereits angeboten. Wir bekommen das hin, Stefan, ganz bestimmt!«

Zurück auf Los

Aus einer Position der Sicherheit heraus, begann sich Stefan erneut auf Stellenanzeigen zu bewerben. Selbstverständlich betonte er seine weitreichenden Erfahrungen in seinem Beruf, die Patente, die er angemeldet hatte, seine Zeit als Leiter eines Forscherteams, als Assistent des Generaldirektors und als Planungsingenieur bei Mercedes. Anscheinend war die Auflistung seiner Erfahrungen und Erfolge eher ein Grund, ihn nicht zu einem Gespräch einzuladen. Initiativbewerbungen waren übrigens nicht gefragt, wenn spezifische Kenntnisse mitgebracht werden sollten.

Einmal wurde Stefan zu einem Gespräch eingeladen. Während er aus seinem Lebenslauf berichtete, fiel ihm auf, dass sein Gegenüber die Augen verdrehte und der Kopf leicht nach unten fiel. Wahrhaft, sein Gegenüber kämpfte gegen seine Müdigkeit an. Stefan überlegte einen Moment, ob er das Gespräch unterbrechen sollte. Nein, sagte er sich, danach ist das Gespräch gelaufen. Stefan redete weiter und überlegte, ob er nicht leiser sprechen oder vielleicht eine Pause einlegen sollte. Vielleicht schliefe der Interviewer ja ganz ein. Doch dann erwachte er wider Erwarten und stellte ihm eine Frage. Das Spiel ging weiter. Stefan erzählte abermals und sein Gegenüber kämpfte gegen die Müdigkeit an. Ohne Ergebnis.

Stefan bewarb sich regelmäßig, kam aber an nichts heran, was ihn begeisterte oder seinen Lebensunterhalt sichern konnte. Allein das Wort Lebens-Unterhalt sagte ja alles. Mittel zum Überleben.

Im Frühjahr führte der Chef einer Unternehmensberatung, Herr Kramer, ein Interview mit ihm Er schaute sich Stefans Lebenslauf an, nickte ab und an zustimmend, zog dann die Stirne kraus, lächelte und ließ Stefan im Inneren mit samt seinen Gefühlen Achterbahn fahren.

»Sie haben also Erfahrungen in der Telefonakquise und haben bereits Beratungsgespräche geführt?«, fragte er nach.

»Wie Sie sehen, hatte ich eine zusätzliche Ausbildung im Vertrieb und der Verkaufspsychologie«, antworte Stefan.

»Wie würden Ihre Eltern Sie als Person beschreiben?«, warf er plötzlich ein.

»Ich finde das eine sehr interessante Frage, Herr Kramer, aber ehrlich, sollten wir sie nicht selbst dazu befragen?«

»Wie fühlen sie sich jetzt und hier?«

»Mir geht es gut, aber ich bin zugegeben schon etwas nervös, da ich großes Interesse an dieser Stelle habe. So erging es mir zuletzt beim ersten Rendezvous mit meiner Frau, das hatte bekanntermaßen ja auch ein sehr gutes Ende genommen.«

Kramer lachte.

»Das kann ich mir gut vorstellen. Ich glaube Sie passen gut in unser Unternehmen hinein. Was Sie noch nicht beherrschen, das werden sie in kürzester Frist erlernen. Wann können Sie anfangen? Passt es Ihnen nächste Woche?«

»Großartig!«, antwortete Stefan

»Gut. Eine letzte Bemerkung habe ich noch. Bezahlt wird bei uns nach Leistung.«

»Entschuldigung, davon kann ich nicht leben.«

»Das habe ich mir gedacht«, lachte Kramer, »dann will ich Ihnen das einmal näher erläutern.« Kramer begann, ihm die Einkommensmöglichkeiten zu erläutern, so dass Stefan nichts weiter blieb, seine Zusage aufrecht zu erhalten.

Einhundert Kilometer Anfahrt nahm Stefan Tag für Tag in Kauf. Von Montag bis Mittwoch war Telefonakquise angesagt, Gespräche mit Handwerkern wie Bäcker, Metzger, Baulöwen, Dachdecker, Schreiner und Maler. Ziel und Zweck des Telefonats war es, den Chef davon zu überzeugen, dass ein Gespräch mit Stefans Firma, diesem Vorteile bringen könnte. Und das könne er am besten beurteilen bei einem persönlichen Gespräch vor Ort.

Entscheidend bei seiner Kaltakquise war es, viele potenzielle Kunden zu erreichen und davon möglichst viele Termine zu vereinbaren. Im Wesentlichen gab die Trefferquote das Verhältnis von angerufenen Kontakten zu den vereinbarten Gesprächsterminen an. Tagesziel für jeden Mitarbeiter waren einhundert Anrufe am Tag. Etwa die Hälfte von ihnen wurden nicht beantwortet, weil der Chef nicht erreichbar war. Die andere Hälfte schon. Somit hatte Stefan fünfzig Gelegenheiten, einen Termin zu vereinbaren. Von den Fünfzig lehnten 45 oder mehr Stefans Angebot ab. Die Erfolgsquote betrug also, wenn alles gut lief, zehn Prozent. Eisernes Gesetz war, dass es einen Erfolg gab. Doch niemand konnte voraussagen, ob dieser am Vormittag, am Nachmittag oder erst am nächsten Tag eintraf. Kramer erzählte, dass er als Anfänger vier Wochen lang gar keinen Termin bekam. Ob das stimmte oder nur Motivation zum Durchhalten sein sollte, konnte niemand sagen. Auch Stefan hatte seine Startschwierigkeiten. Statt ihn zu kritisieren, lobte Kramer seinen Einsatzwillen und übergab ihm das Muster für das Verkaufsgespräch vor Ort, eingeteilt in Einstieg, Analyse, Präsentation, Einwand, und Abschluss. Diesen vorgegebenen Algorithmus musste sich Stefan über das Wochenende einverleiben. Wieder und wieder probte er es wie ein Schauspieler, der seine Rolle auswendig lernen musste. Nichts durfte dem Zufall überlassen werden. Er wiederholte den Text so oft, bis er saß, immer wieder, Satz für Satz, wie ein Mantra und versuchte zu verstehen und zu verinnerlichen, was er eigentlich sagen sollte. Er brabbelte, ob sitzend, stehend, liegend den Text vor sich hin, selbst auf der Toilette.

Es folgten die Tage der Hundert. Jeden Tag fuhr Stefan die hundert Kilometer ins Büro, machte seine hundert Telefonate genau nach Vorlage und fuhr die hundert Kilometer zurück. Manchmal hatte er zwei Termine am Vormittag, manchmal kamen sie erst am Nachmittag und manchmal gab es keine. Nach zehn Tage waren genügend Termine gelegt, so dass Herr

Kramer mit ihm zu den Kunden fuhr und die ersten zwei Gespräche führte, um zu zeigen, wie man es macht. Nach dem ersten Abschluss stieg ein Siegesgefühl in Stefan auf. Das dritte Gespräch durfte er selbst führen. Es war noch etwas holprig, doch durch das Eingreifen des Chefs gelang erneut ein Abschluss. Euphorie durchflutet seinen Körper und verlieh ihm ungeahnte Kräfte, mit denen er nicht gerechnet hatte. Ihm war, als hätte sein Herz in der Brust angefangen zu singen. Das formale Denken war gestört, das war Stefan aber egal. Zeit- und Raumgefühl waren aufgehoben. Die Zeit dehnte sich ohne sein Zutun. Unterschiedliche Sinnesqualitäten kreuzten seine Wahrnehmungen, ein Glücksgefühl ohnegleichen breitete sich in ihm aus und wollte ihn nicht verlassen.

Und es lief weiter. Stefan verdiente die ersten Monate gutes Geld. Dann fing er an, sich nicht mehr an die Regeln zu halten, versuchte eigene Wege zu gehen und brach erneut ein. Sein Minderwertigkeitsgefühl holte ihn ein. Seine Begeisterung wirkte gespielt. Stefan war nicht mehr er selbst.

Wahrscheinlich kennen viele Verkäufer eine Vielzahl an Techniken und Methoden, um den Kunden zum Abschluss zu führen. Der Gesprächsleitfaden war ja vorgegeben. Demnach müssten eigentlich die meisten Verkaufsgespräche erfolgreich verlaufen – doch die Realität sah anders aus.

Stefans Unterbewusstsein meldete sich zu Wort. Ein gewichtiger Grund, warum viele Verkaufsgesprächs doch kein gutes Ende fanden, lag in der psychologischen Disposition, in der sich Stefan und Kunde befanden. Denn in der entscheidenden Schlussphase des Gesprächs meldete sich sein Unterbewusstsein zu Wort und sendete Botschaften aus, die eine erhebliche Verunsicherung nach sich zogen. Plötzlich flüsterte seine innere Stimme ihm zu: »Du musst den Abschluss jetzt unbedingt zu einem Ende bringen. Was passiert, wenn du es nicht schaffst und der Kunde jetzt nein sagt?« Stefan war verunsichert und der Kunde spürte diese negativen Schwingungen und brachte ungeahnte Einwände vor, weil ihm seine innere Stimme einflüsterte: »Jetzt bloß noch nicht festlegen, lieber noch eine Nacht drüber schlafen!« Stefan fehlte die innere Stärke, dem entgegen zu wirken, und so scheiterte er öfter, als ihm lieb war.

Herr Kramer rief ihn nach einer erfolglosen Verkaufstour zu sich. Stefan sollte mit ihm ein Verkaufsgespräch führen, doch er verhaspelte sich, war völlig neben der Spur, so dass der Chef ihn zur Sau machte und verlangte, dass das Verkaufsgespräch nach dem nächsten Wochenende sitzen müsse, sonst gäbe es Konsequenzen. In jedem Fall würde er noch einmal mit ihm die zweitausend Kilometer mitfahren und ihn beobachten.

Einmal war Stefan in Meiningen gelandet, an der Südspitze Thüringens. Der Chef eines kleinen Unternehmens begrüßte ihn freundlich, bat ihn, Platz zu nehmen und sein Anliegen vorzutragen. Stefan begann, sein Unternehmen vorzustellen, da klingelte das Telefon. Der Chef ging unwirsch ran, wurde dann immer freundlicher und grinste über beide Backen. Stefan konnte hören, verstand aber nicht das Geringste, was er sagte: »Rrr ... Ruweböödz... rrr … Hofneilaulicht-ogehlampn … rrr … önnerschd-ellsöwerschd … rrr … Ängerstautst-äberscht.«

Stefan musste so verdutzt aus der Wäsche geschaut haben, dass der Chef, nachdem er den Telefonhörer aufgelegt hatte, in schallendes Gelächter ausbrach: »Sie haben nichts verstanden, nicht wahr?«, fragte er Stefan. Das Eis war gebrochen. Das Gespräch verlief gut und endet mit einem positiven Abschluss. Am Ende lud ihn der Metzgermeister ein, seine Räucherei zu besichtigen. »Das Beste am Räuchern von Fleisch ist der Geruch, der einfach an allem kleben bleibt«, schwärmte er und fuhr fort »diese Knackwürste sind mit Knoblauch, die mit Kümmel und die mit Senf? Darf ich ihnen von jeder Sorte eine einpacken?«

»Sie sehen mich absolut begeistert? So etwas habe ich seit der Hausschlachtung bei meinen Großeltern nicht mehr inhalieren können. Ich danke Ihnen für die wunderbaren Würste und das tolle Gespräch.«

Ein andermal war Stefan in Franken unterwegs, genauer gesagt im Schweinfurter Raum. Die Hinfahrt über die A7 verlief ohne besondere Vorkommnisse. Fünf Gespräche waren geplant und wurden an diesem Freitag durchgeführt. Jedes Mal, wenn Stefan ins Auto stieg, warnten die lokalen Radiosender vor einer Schneekatastrophe. Stefan starrte ungläubig in den stahlblauen Himmel. Feierabend. Stefan startete. Bereits beim Verlassen von Schweinfurt verdunkelte sich der Himmel. Kurze Zeit später begann ein Schneegestöber, wie er es selten erlebt hatte. Auf der Höhe der Raststätte Rhön herrschte bereits ein so dichtes Schneetreiben, welches die Autobahn in eine Skipiste verwandelte, dass die Lkw reihenweise liegenblieben. Auf der rechten Spur ging gar nichts mehr. Wenig später rollte Stefan gemächlich bis zum Kirchheimer Dreieck. Die Straße war wieder frei. Dort begann üblicherweise seine Rennstrecke. Die 230 Kilometer bis zum Kreuz Hannover Ost flog er locker in eineinhalb Stunden. »Bald bin ich daheim«, dachte Stefan. Doch als er in Walsrode auf die A27 abbog, wurde er jäh von knöcheltiefem Schnee überrascht. Er musste nun schleichen und brauchte drei Stunden für die dreißig Kilometer nach Verden. Das hatte er schon in zwölf Minuten geschafft.

Das Verhältnis mit dem Vermietern hatte sich inzwischen abgekühlt. Die junge Familie musste sich etwas Neues suchen und fand es in Bruchhausen-Vilsen. Es war eine schöne Wohnung über zwei Etagen. Martina war sofort begeistert. Vor dem Haus befand sich ein Ententeich. Nicht alles aus dem alten Haus passte dort hinein. Stefans Bücherregale wanderten in den Keller. Die drei machten es sich dort so gemütlich wie möglich.

Dort inszenierten sie Benjamins Jugendweihe. Stefans Papa war inzwischen unheilbar an Krebs erkrankt. Man merkte ihm die starken Schmerzen an, aber dieses Ereignis konnte er sich nicht entgehen lassen. Als gemeinsames Geschenk von allen gab es einen Computer, den Stefan allerdings mitnutzen durfte. Es war wie immer zu solchen Anlässen. Eine Feier mit Stefans Familie und eine mit Martinas Eltern. Mehr Familie hatte sie nicht mehr. Wie stolz waren die jungen Eltern auf ihren großen Sohn. Sie konnten es gar nicht so recht glauben.

Im Frühjahr kam Herr Kramer auf Stefan zu:

»Haben Sie am nächsten Samstag schon etwas vor? Wenn ja, dann sagen Sie ab. Meine Frau und ich möchten Sie und Ihre Frau in unser Haus zum Essen einladen. Bei dieser Gelegenheit würde ich gern mit Ihnen etwas besprechen.«

Diesmal hatte sich Kramer keinen Schickimicki Laden ausgesucht wie in Duhnen, wo das Menü mit einer großen Speiseglocke serviert wurde, die den Teller, den sie verbarg und schützte, auch gleichzeitig zur Geltung brachte, aufwertete und inszenierte. Das Menü darunter war so winzig wie die Glocke groß war. Als der Kellner Stefan fragte, ob er noch etwas nachlegen sollte, lehnte Stefan dankend ab, obwohl sein Magen wie ein Bär brummte.

Kramer empfing Stefan und seine Frau zum verabredeten Zeitpunkt im eigenen Haus, entschuldigte die Hausfrau, die noch in der Küche wirkte und bot den beiden als Aperitif einen Champagner an.

»Schön, dass ich Sie endlich persönlich kennenlerne. Stefan hat mir schon viel über Sie erzählt«, schwatzte Kramer.

»Ich hoffe nur Gutes«, antworte Martina elegant.

»Selbstverständlich nur Gutes«

Für das angenehme Ambiente standen Kerzen auf dem Tisch. Der passende Wein war bereits dekantiert und atmete servierbereit. Die Bewirtung im eigenen Zuhause eröffnete dem Gastgeber generelle Handlungsfreiheit: Vollständige Ruhe und Diskretion, vertretbarer Zeitaufwand ohne unnötige Wartezeiten, passende Bewirtung von der Vorspeise über den Hauptgang und die Nachspeise. Die Themen Familie, Freunde,

Reisen und Essen boten genug Gesprächsstoff für den ganzen Abend. Kramer stellte viele Fragen zu den Geschwistern, lustigen Familiengeschichten, den Eltern oder Ritualen. Seine Frau blieb eher still und unbeteiligt, als wäre ihre einzige Aufgabe mit ihr Essen die Gäste bei Laune zu halten.

»Espresso?«, fragte Kramer in Richtung der Gäste.

»Nein, Danke«, antwortete Martina.

»Ich gern«, Stefan.

»Schatz, machst du uns noch zwei Espressi?« sagte er zu seiner Frau und zu Stefan, »und wir beide stoßen jetzt einmal mit einem Williams Christ an. Kein Widerspruch!«

»Prost! Und nun zu meinem eigentlichen Anliegen. Wie Sie bereits in den letzten Monaten mitbekommen haben, haben wir sehr viele Kunden auf dem Gebiet der ehemaligen DDR. Das ist von hier aus mit sehr viel Aufwand verbunden, vor allem die langen Anfahrten nehmen viel Zeit in Anspruch. Ich habe lange hin und her überlegt, wie sich das ändern ließe. Und nun bin ich zu einer Lösung gelangt, in der Sie, mein Lieber, die Hauptrolle übernehmen könnten. Wie Sie sicherlich bemerkt haben, ist der Besserwessi im Osten eher unbeliebt. Wenn wir nun ein Unternehmen hätten, dass von einem waschechten Ossi gelenkt und geleitet wird und die Mitarbeiter zum Großteil aus dem Osten stammen, wäre die Authentizität des Unternehmens um ein Wesentliches größer als jetzt. Wir hätten mehr Umsatz und mehr Gewinn als Sie sich vorstellen könnten. Dem Unternehmen wird es gut gehen, und die Kunden hätten ein besseres Gefühl. Was meinen Sie?«

»Das klingt sehr einleuchtend«, antwortete Stefan

»Einleuchtend?«, krähte Kramer wie ein Hahn, »sagten Sie einleuchtend? Das klingt sensationell. Ostdeutsche Wirtschafte Beratung – wie hört sich das an? Und Sie werden der Chef dieses großartigen Unterfangens, mein Lieber! Was meinen Sie dazu?«

»Bin ich nicht ein wenig zu unerfahren für die Sache«, warf Stefan ein.

»Mein Gott, Stefan, ich darf Sie doch Stefan nennen, ich bin doch auch noch da. Ich werde die graue Eminenz sein, der für Sie die Fäden in den Fällen in die Hand nimmt, wenn Sie nicht mehr weiterwissen sollten«, und dann sprach er sinnlich lächelnd vor sich hin, »Ostdeutsche Wirtschafte Beratung, Inhaber Stefan Opitz, der Ossi«, so als wäre es bereits eine abgemachte Sache.

»Besprechen Sie sich gemeinsam mit ihrer Frau und schlafen Sie ein Wochenende darüber. Wir sind hier nicht in einem Verkaufsgespräch, das einen sofortigen Abschluss notwendig macht, Stefan. Wägen Sie gründlich alle Vor- und Nachteile ab. Und wenn ich gründlich sage, dann meine ich auch gründlich. Sie sind ein guter Mann, davon bin ich überzeugt. Und dann sagen Sie mir am Montag, wann wir starten, okay?«

Schiffbruch

Wenig später hatte Kramer ein Büro in Irxleben bei Magdeburg gefunden. Er und Stefan mieteten sich in einem kleinen Hotel in der Nähe ein, um den Aufbau der Firma voran zu treiben. Gewerbeanmeldung, Anmeldung beim Finanzamt und Gespräche mit der Bank wurden geplant und durchgeführt. Ein großzügiger Dispositionskredit wurde eingeräumt. Ein Großteil der Möbel kam aus dem alten Büro, neue wurden auf Kredit gekauft. In kürzester Zeit wurde die Telefonanlage, das Herzstück der Kaltakquise, installiert, neue Mitarbeiter gesucht und verpflichtet und Anzeigen für Berater in der Frankfurter Allgemeinen geschaltet. So großkotzig die Stellenanzeige, so erfolgreich war sie. Mehrere hundert Bewerbungen, die in ihrem Umfang teilweise Bücher füllten, trudelten ein.

Als erstes mussten die zwei die Telefonakquise mit den neuen Mitarbeitern trainieren, um möglichst schnell zu Terminen zu kommen, damit der Umsatz in die Gänge gebracht werden konnte. Dennoch spielte Kramer stets den großen Zampano, obwohl es auf dem Firmenkonto noch sehr mau aussah.

Nach Feierabend saßen die beiden häufig an der Hotelbar. Die Abende plätscherten vor sich hin. Gleichzeitig fühlte sich Stefan unwohl in dieser Situation. Kramer trank seinen Côtes du Rhône und schwelgte in der Vergangenheit. Kurz nach der Grenzöffnung hatte er mit einem Kollegen im Osten wirklich dickes Geld verdient. Manchmal schien es, als glaubte Kramer, dass dieses Geld noch immer vorhanden sei. Er sprach immer lauter, so dass fast alle im Lokal mitbekamen, was er sagte. Es war, als würde Kramer mit jedem Schluck Rotwein größer, während Stefan mit jedem Schluck kleiner wurde. Dann sagte Kramer zu Stefan:

»Ich kann nicht verstehen, wie man sich so klein fühlen kann, Stefan. Du bist der Boss! Also mach was aus deinem Leben. Wenn es dir nicht gut geht, dann tu doch was dagegen. Sei ein Mann! Und jetzt trinken wir noch einen Absacker!«

Selbstsicherheit gehört zum Selbstbewusstsein genauso wie Selbstvertrauen. Und von allem schien Kramer mehr als genug zu haben. Was Kramer noch ausmachte, war sein großspuriges Benehmen. Seine Arroganz äußerte sich sehr oft in einem rechthaberischen und sich selbst überschätzenden Verhalten, das andere verletzte. Er konnte äußerst überheblich sein oder die Realitäten überschätzen oder über seine Mittel leben. Großkotzigkeit, vereinfachte Urteile und Ungeduld beschrieben die Gefühle und das Verhalten Kramers. Diese Züge waren so fest in seinem Leben verankert, dass sie anderen oft regelrecht als kindisch erschienen. Manchmal wirkte er gelangweilt, abgelenkt und verwirrt. Doch seine Begeisterungsfähigkeit glich oft der eines Kindes. Er hatte eine ausgeprägte Körpersprache, einen aufrechten Gang und eine forsche, souveräne Aussprache, suchte stets den direkten Blickkontakt. Sein gesamter Auftritt vermittelte Stolz, Durchsetzungskraft und Überzeugung aus. Sokrates sagte einmal: »Nichts kann dir mehr Macht geben als das Wissen über dich selbst.« Und genau das strahlte Kramer aus.

Der Tag begann stets früh für Stefan. Während Kramer den Telefondienst überwachte, war Stefan mit dem ein oder anderen Mitarbeiter unterwegs. Neuerdings hatte er ein Autotelefon von Siemens für das C-Netz, fast so groß wie ein Aktenkoffer. Somit konnte Stefan, wenn nötig und machbar, Kramer in der Firma informieren, wie das Verkaufsgespräch verlaufen war, meistens befand er sich allerdings im Funkloch. Der Termindruck war allgegenwärtig im Außendienst und jeder Stau verschärfte die Situation. Trotz alledem gelang es, Unternehmensberatungen zu verkaufen und die Firma über Wasser zu halten.

Im späten Frühjahr las Stefan in der lokalen Presse, dass die Kinder- und Jugendsportschule einen Tag der offenen Tür veranstaltete. Er erinnerte sich an seine Jugend, als seine Polytechnische Oberschule direkter Nachbar der Sportschule am Westring war. Zugleich kam ihm in den Sinn, dass diese Schule für seinen sportbegeisterten Sohn eine Chance zu einer höheren Leistungsklasse sein könnte, denn Basketball war in Syke und Umgebung eher drittklassig. Da sein Sohn ein talentierte Sportler war, dachte Stefan, könnte die Schule etwas für ihn sein.

Zu dem besagten Wochenende lud er deshalb seine kleine Familie nach Magdeburg ein. Anfangs gab es einen Vortrag des Direktors über die das Gymnasium, die Möglichkeiten zu trainieren, die Kosten, das Internat und alles, was man sonst noch wissen musste. Dann besuchten Martina, Stefan und Benjamin auch das Internat. Die Internatsmutti berichtete, wie sie sich um die Mädchen und Jungen kümmerte und darauf achtete, dass die Disziplin eingehalten wurde. Benjamin war begeistert, dass die Jungen in der 2. Oberliga Basketball spielten. Da war die Anmeldung für die Schule beschlossene Sache.

Es war ein sonniger Augusttag, als Stefan bei der Bank anhielt, um die aktuellen Kontoauszüge zu ziehen. Minuten später trudelte er in der Firma ein. Kramer blickte vom Schreibtisch schräg durch die Brille auf und sagte wie nebenbei: »Herzliches Beileid.«
»Ahnst du, wie rot die Zahlen auf den Auszügen sind?«, wunderte sich Stefan.
»Dein Vater ist gestorben, Stefan.«
Stefan stand wie angewurzelt da. Er begriff nicht, was Kramer soeben gesagt hatte. Im Inneren wusste er, dass dieser Tag irgendwann kommen musste, aber doch nicht heute, nicht so plötzlich. Seit seiner Jugend war sein Vater oft krank. Als Vollwaise war er bei seiner Oma aufgewachsen, die ihn oft verprügelte. Später übernahm sein Onkel die Vaterrolle. Stefans Vater hatte nie jemanden, mit dem er sich austauschen und dem er seine Sorgen anvertrauen konnte, also fraß er alles in sich hinein. Seit seinem Unfall, bei dem ihm beide Hände und ein Teil eines Fußes verlustig gingen, verstärkte sich dieses Übel noch zunehmend. Irgendwann übernahm der Krebs die Regie. Sein Vater litt still, ohne sich je zu beschweren. Jeder Tag konnte der letzte sein. Und dennoch kam dieser Tag für Stefan wie aus heiterem Himmel. Er verstummte, war nicht in der Lage, irgendetwas zu sagen. Nicht einmal Tränen wollten rollen. Das Unfassbare, das Unbegreifliche – der Tod war in sein Leben getreten. Stefan hat ihn in diesem Augenblick verdrängt, den Gedanken daran auf später verschoben. Kramer spürte das und sagte:
»Fahr nach Hause, Junge, fahr zu deiner Familie! Ich komme ein paar Tage ohne dich zurecht.«

Die Hilflosigkeit und Unsicherheit gegenüber seiner trauernden Mutter war groß. Er nahm die Tränenüberströmte in den Arm und weinte mit ihr.

Dann nahm Stefan von seinem Vater Abschied. Die Augen des Toten waren geschlossen, das Gesicht wirkte eingefallen und doch friedlich. Er war noch so jung, einen Monat später wäre sein 59. Geburtstag gewesen. Man hatte ihm seinen besten Anzug angezogen, der ihm irgendwie zu groß schien. Schön, dass Stefan sich noch von ihm verabschieden durfte. So saß er allein mit ihm in der Stille. Seine Gedanken reisten in die Vergangenheit: der erste Winterurlaub in Oberwiesental, die gemeinsamen Ausflüge, die ersten Bücher, die er von ihm, bekommen hatte, das, was er ihm über das Fotografieren beigebracht hatte, das Reisefieber, was er ihm vererbt hatte, die Liebe zu den Vögeln, die er ihm mitgegeben hatte, wie er oftmals unnachgiebig war, in anderen Dingen dann wieder verständnisvoll, das erste Likörchen, das er zu seiner Jugendweihe trinken durfte, wie er ihn vertreten hatte, als er das erste Mal für längere Zeit im Krankenhaus lag, welche Sorgen sich alle machten, als er seinen Unfall hatte, wie traurig er war, als niemand an der Hochzeit von Martina und Stefan teilnehmen durfte und welche Schmerzen er wohl hatte, obwohl er niemals stöhnte. All das war nun vorbei. Stefan nahm seine Hand und sagte Tschüss. In seinem Herzen würde er weiterleben. Und erst viel später begegnete Stefan seinem Vater, der als Rotkehlchen zurückgekehrte und ihm fröhlich zuzwitscherte. Sein Lächeln blieb ihm in Erinnerung. Während seine Mutter die Trauer wie Erstarrung und Stillstand erlebte, stürzte sich Stefan erneut in die Arbeit. Er konnte nicht zur Beisetzung kommen, auch wenn es ihm so mancher übelnahm, sein Abschied war vollzogen.

Der Herbst war ohnehin voller Stress. Nun hatten sie nicht nur die Akquisiteure, sondern auch die Berater und eine Azubine, wie es im Neudeutschen heißt. Anfang Dezember erlitt sein Auto durch das Kopfsteinpflaster einen Federbuch. So alt war sein Mitsubishi noch gar nicht, hatte es aber schon auf sehr viele Kilometer gebracht.

An eine schnelle Reparatur war nicht zu denken. Da zu Weihnachten noch ein Kurzurlaub in der Tschechei geplant war, bot Kramer an, seinen BMW zu nutzen.

»Also, er schnurrt wie eine Katze, hat aber ein paar Macken, die du wissen solltest. Manchmal funktioniert die ZV nicht oder es geht das Radio aus oder das Fernlicht. Ich weiß nicht, wieso. Später geht alles wieder an. Fahr ihn nicht schneller als ich«, lachte Kramer und übergab Stefan die Schlüssel.

Atempause

Knapp siebenhundert Kilometer waren es nach Spindlermühle im Riesengebirge, acht Stunden Fahrt. Stefan fuhr immer gern nachts, wenn die Straßen nicht so voll waren. Es war noch stockdunkel, als sie die Raststätte Dresdener Tor für eine kurze Pause aufsuchten. Ein Toilettenbesuch, ein Kaffee und eine Kleinigkeit zu essen. Als sie Auto zurückkehrten, drückte Stefan die Fernbedienung und es passierte – nichts. Er wollte den Schlüssel ins Schloss stecken. Doch da war keines.

»Was ist das denn jetzt?«, entfuhr es Stefan fassungslos.

»Was sollen wir jetzt machen? Müssen wir jetzt hier erfrieren«, fragte Martina.

»Kramer meinte, nach einer Weile geht es wieder.«

»Was heißt hier eine Weile? Ein Stunde? Ein Tag? Ein Jahr?« brach es aus ihr heraus.

»Hab ein wenig Geduld, setzt euch wieder rein. Ich rufe euch, wenn es so weit ist!«

Während Stefan eine halbe Stunde um das Fahrzeug schlich, hatte er nur eine Befürchtung, und zwar, dass ihn jemand beobachten und meinen könnte, er wolle das Auto stehlen.

Nach knapp einer Stunde ging die Tür auf und es konnte weitergehen. Wenig später, auf dem Weg in Richtung Bautzen, fiel das Abblendlicht aus. Stefan schaltete kurzerhand die Nebelscheinwerfer an. Dann ging das Radio aus. Egal, sie kamen vorwärts. Nach einem kleinen Schlenker über Polen, stiegen sie die Passstraße hinauf nach Harrachov. Wenig später landeten sie in einem kleinen Dorf namens Rokytnice nahe Spindlermühle, wo sie günstig ein Ferienhaus gemietet hatten, einfach, schlicht und entsetzlich kalt.

»Hier gibt es ja keine Heizung!«, stellte Martina mit Entsetzen fest.

»Ich entzünde gleich ein Feuer im Kamin, dann wird es sicher bald kuschelig. Hast du gesehen, hier gibt es noch einen richtig alten Badeofen wie früher. Den heize ich gleich nach dem Kamin an, dann haben wir auch warmes Wasser. Wie wäre es mit einem Kaffee?«, Stefans gute Laune war nicht zu bremsen.

Am Abend strahlte der Mond über der Hütte. Martina und Stefan saßen gemütlich vor dem Kamin, eingekuschelt in eine warme Decke, ein gutes Buch in der Hand und genossen die Stille der Nacht in purer Gemütlichkeit, bis, ja, bis sie die Tür zu Schlafraum öffneten und ihnen eisige Kälte entgegenschlug. Es war echt kalt, arschkalt, wie man so sagt. Es gab keine Metapher, die einen passenden Vergleich bot. Die Kälte ließ sich mit nichts vergleichen. Sie war einfach nur eine reale Gegebenheit. Eine Art von Kälte, die alles durchdrang, als sei sie eine ständige materielle Eigenschaft dieses Ortes. Sie schlug ihnen als gebündeltes Ganzes entgegen. Es gab nur eine Lösung: Das Bett und eine dicke Daunendecke.

Der nächste Morgen lächelte die Urlauber an. Stefan warf den Kamin an und holte frische Rohlíky, die tschechischen

Hörnchen vom Bäcker. Der Kaffee war schnell gebrüht. Im Kamin tanzte ein gemütliches Feuer. Sie waren angekommen. Stefan wollte auch zu diesem Weihnachtsfest einen richtigen Festbraten haben. Gänse sind weiblich, aber Gänsebraten ist Männersache. Er hatte bereits zuhause eine Weihnachtsgans gekauft und diese mit nach Rokytnice gebracht. Er hatte eine junge, freilaufende Gans erwischt, die nicht älter als ein halbes Jahr war und sich ihre Nahrung im Grünen selbst gesucht hatte, und er dachte sich, dass er damit die Familie leicht beglücken könnte. Nach dem Frühstück begann Stefan mit der Vorbereitung des Gänsebratens. Er würzte die Gans und füllte sie mit Äpfeln und Zwiebeln. Danach bereitete er den Rotkohl nach altem Rezept zu und kümmerte sich um Omas Mehlknödel. Martina schmückte derweil die Hütte mit bunter Weihnachtsdekoration, positionierte die Geschenkpakete und deckte den Tisch. Stefan schob die Gans in den Ofen, wo sie still vor hin brutzelte.

Die Schneedecke wurde von der Sonne geküsst und funkelte in aller beschaulicher Stille. Der nahe Wald lud die kleine Familie in die magische Winterwelt ein: Anmutendes Licht von wärmenden Sonnenstrahlen blinzelte zwischen den Bäumen hindurch und der Winterwald strahlte eine kraftvolle Stille aus. Einzig der knirschende Schnee unter den Füßen tönte als märchenhafte Melodie durch den verschneiten Wald.

Die Winterstille erweiterte ihre Wahrnehmungen. Die gedämpften Schritte im Schnee und ihre achtsamen Sinne stießen auf manche tierische Fährte, die ihre eigene Geschichte erzählte, und ließen sie Hasen und Rehe beobachten.

»Der Tapetenwechsel tut uns allen in der momentanen Situation gut. Weihnachten hat ja eine besonders familiäre Bedeutung. Und nachher machen wir uns einen schönen, besinnlichen Abend am Kamin«, betonte Stefan.

»Heiligabend im Schnee. Und nun fängt es auch noch an zu schneien«, begeisterte sich Martina.

Auf ihrem Rückweg wurde es langsam zwielichtig, hinter den Fenstern glitzerten die Lichter der Weihnachtsbäume. Bei ihrer Rückkehr duftete die Weihnachtsgans. Auf dem Tisch standen selbstgebackene Plätzchen und Lebkuchen. Vier Kerzen brannten an dem Adventskranz. Draußen wurde es dunkel.

Benjamin rutschte ungeduldig auf seinem Stuhl hin und her. Er konnte die Bescherung kaum noch erwarten, obwohl es gar nicht spannend sein konnte, denn der Geschenkpaketberg war in diesem Jahr recht klein ausgefallen. Lego war schon immer eine Sache, mit dem man ihm eine Freude bereiten konnte. Auch für Martina und Stefan hatte der Weihnachtsmann eine nützliche Kleinigkeit gebracht.

Nach der Bescherung wurde es Zeit, die knusperbraunen Vogel aus der Röhre zu holen. Der Geschmack der Gans mit seinen reichlich Fett gelösten Nuancen behielt die Oberhand. Die Knödel dampften auf dem Tisch und der Rotkohl leuchtete wie dunkle Kirschen. Das Festmahl konnte beginnen. Und wie sie so saßen und schlemmten fragte Stefan in die kleine Runde:

»Kennt ihr die Geschichte von der Weihnachtsgans Auguste?«

»Nein, erzähl mal, Papa!«

»Es war einmal ein Mann, der wollte zu Weihnachten einen richtigen Festbraten haben und kaufte bereits im November beim Bauern auf dem Dorf eine Gans und dachte sich, dass die Familie sie mästen könnte. Er ahnte dabei nicht, dass seine drei Kinder der Gans, die sie liebgewonnen hatten, den Namen Auguste gegeben hatten. Zudem konnte die Gans sprechen wie wir Menschen. So wurde aus dem geplanten Weihnachtsbraten ein Haustier. Die Kinder nahmen sie mit ins Bett und redeten mit ihr. Kurz vor Weihnachten wollte der Vater die Gans dennoch schlachten. Doch da seine Familie protestierte und sich sein Gewissen meldete, konnte er es nicht tun. Er versuchte aber, sie mit einem Schlafmittel zu töten. Allerdings wachte Auguste nach dem Rupfen wieder auf. Sie erhielt einen Pullover und durfte als Haustier in der Familie bleiben.«

Als Stefan die Geschichte beendet hatte, war Martina so gerührt, dass sie Tränen in den Augen hatte. Benjamin ließ sofort die Gabel fallen und wollte kein Fleisch mehr essen. Nach dem Essen unterhielten sie sich noch bis spät in die Nacht bei Glühwein und Gebäck.

Am ersten Weihnachtsfeiertag schien Stefan im Bett die Sonne ins Gesicht und weckte ihn sanft. Bei grellem Schneelicht unternahmen sie einen Ausflug nach Spindlermühle, dem Juwel des Riesengebirges, das gerade im Winter ein unvergesslichen Erlebnis bot. Umgeben von majestätischen Bergrücken und purer Natur präsentierte Spindlermühle ideale Bedingungen zum Skifahren und Wandern für Groß und Klein. Spindlermühle hatte für jeden etwas: Abenteuer auf der Piste oder eine ruhige Erholung, für jeden das, was er wollte. Benjamin wollte gern einen Kurs mit dem Snowboard machen, dann sollte er das auch. Neben dem Fahren wollte vor allem das Fallen geübt sein. Sturz nach vorn hieß Pinguin, Sturz nach hinten Schildkröte. So haben sie alle etwas gelernt.

Zum anderen repräsentierte diese Bergstadt eine perfekte Harmonie zwischen natürlicher Schönheit und tschechischer Gastfreundschaft. Špindlerův Mlýn lud ein zu ihrem Lieblingsessen: Guláš seským knedlíkem (Gulasch mit böhmischen Knödeln). Allein der Gedanke daran lässt einem das Wasser im Mund zusammenlaufen. Am Abend am Kamin gönnte sich Stefan noch ein wunderbare Březňák Bier.

Es herrschte ein märchenhaftes Winterwetter an diesem zweiten Weihnachtstag. Die Sonne lachte vom tiefblauen Himmel. Weit und breit war nicht eine einzige Wolke zu sehen. Die verschneiten Bergspitzen ragten bis in die Ewigkeit. Das Riesengebirge glich einem Gemälde von einem Maler, dessen Namen Stefan nicht mehr einfiel. Im Bach neben der Rodelbahn hatten sich dicke, glitzernde Eiszapfen gebildet.

»Wie weit ist es denn noch?«, wollte Benjamin wissen.

»Komm, mein Sohn, setz dich auf den Schlitten, ich ziehe dich nach oben«, bot Stefan Benjamin versöhnlich an.

Nach einer halben Stunde hatten sie es endlich geschafft. Sie hatten die Zalomený Baude erreicht.

»Ist das schön hier oben!«, schwärmte Martina, »Man kann bis in das nächste Tal schauen.«

Stefan hatte seinen Schlitten bereits in Startposition geschoben.

»Wer als erster unten ist!«, brüllte er, »Alles auf die Plätze, fertig, los!«

Benjamin starte mit Anlauf durch wie ein Weltmeister im Rennschlittenlauf. Aber nach den ersten Metern wurden er von seinem Papa überholt.

»Ich bin viel schwerer«, rief Stefan im Vorbeifahren.

Benjamin wollte sich aber nicht geschlagen geben.

»Hier kommt der Weltmeister«, brüllte er in voller Fahrt, stieß ein grelles Lachen aus, als er seinen Vater im Graben landen sah.

»Das war klasse. Das machen wir gleich noch einmal«, begeisterte sich Benjamin.

Benjamin machten es nicht nur einmal, sondern er fuhr den ganzen Tag mit wachsender Begeisterung den Berg hinunter.

Bevor sie sich auf den Heimweg machten, frönten sie der gemütlichen Behaglichkeit der Zalomený Baude, schmeckten die leckeren böhmischen Kartoffelpuffer und probierten Heidelbeerkuchen mit Sahne und Kaffee.

Vom Regen in die Traufe

Das Jahr der Büffel steht für Stabilität und Hilfsbereitschaft. Er liebt die Geselligkeit, bevorzugt aber seine vertraute Umgebung. Er symbolisiert Segen und Fülle und zeigt, welch Reichtum an Schönheit uns umgibt. Leider waren weder Kramer und noch Stefan im Büffeljahr geboren.

Der erste Höhepunkt war Stefans neuer Wagen – ein Mitsubishi Sigma. Die große Limousine mit der böse blickenden Haifischschnauze und dem kessen dritten Seitenfenster gefiel ihm sehr. Innen wirkt der Sigma durchs getönte Glas betrachtet sauber. Außen weinrot. Sechs Jahre hatte er auf dem Buckel, Scheckheft gepflegt. Bei der Probefahrt lag er satt auf der Straße, federte wie ein Opa Auto. Dann drehte Stefan den V6 raus aus dem Bummelmodus, rein auf die leere Bundestrasse, und er spürte, wie er beim Gas geben in den Sitz gepresst wurde. Bei 3.000 Umdrehungen zeigte der robuste, keineswegs überzüchtete Dreilitermotor im Sigma sein durchzugsstarkes Zupacken, gepaart mit kernigem Sound. Das war es. Das sollte er sein. Gekauft, natürlich auf Raten.

Kramer leaste indes ein BMW-Cabrio, nicht etwa für sich selbst, sondern für seine Frau, wie sich später herausstellte. Stefan war stinksauer.

Kramer war für die Buchhaltung verantwortlich und rechnete die Dinge schön. Das, was an Gewinnen unter dem Strich stand, zeigte der Kontoauszug in roten Zahlen an. Die Einnahmen der Firma dümpelten vor sich hin. Rechnungen wurden verspätet beglichen, meist nach der zweiten Mahnung. Schecks platzten. Doch Kramer agierte immer noch so, als wär er ein Millionär. Er hatte Prokura und konnte demnach frei über die Ausgaben entscheiden. Letztendlich verantwortlich war Stefan.

Verzweifelt versuchten die Mitarbeiter und Stefan, Umsätze zu generieren. Der neue Sigma musste schließlich auch zum Einsatz kommen. Einmal war Stefan mit einem Mitarbeiter auf der Fahrt zu einem Kunden. Vor ihm eine Reihe Fahrzeuge hinter einem Traktor. Er sah nach vor, alles war frei. Gang rein, Vollgasbeschleunigung auf hundert in wenigen Sekunden. Kurz nachdem er einscherte, kam ihm der Gegenverkehr entgegen. Das war echt knapp. Dem Mitarbeiter standen Haar zu Berge und der Angstschweiß lief in Strömen. Glück gehabt.

Das Chaos im Unternehmen entwickelte weiter und endete im Frühjahr in einer Katastrophe. Es gab meinen mächtigen Streit. Kramer und Stefan gerieten heftig aneinander, so dass die Fetzen flogen. Stefan sollte alle Schulden übernehmen und sich von der Firma verabschieden, in der ohnehin die meisten Mitarbeiter gestrandete Existenzen waren.

All die Ereignisse der letzten Wochen, die Herabwürdigungen, der Vertrauensbruch und die empfundene Ungerechtigkeit führte zu einer Verbitterungsreaktion sondergleichen. Stefan wurde von den Gefühlen Frustration, Zorn und Hass derartig erschüttert, als hätte seine Seele ein schweres Erdbeben erlebt. Völlig in Wut und außerhalb jeglicher Kontrolle löschte Stefan aus reinen Rachegelüsten heraus in der Nacht alle Dateien auf dem Firmencomputer. Es kam letztendlich zu einer absoluten Beeinträchtigung und Blockierung aller beruflicher, familiärer und sozialer Aktivitäten.

Alles war außer Kontrolle geraten. Das Finanzamt schickte den Umsatzsteuerbescheid als Schätzung, wollte einige Tausend Mark Nachzahlung. Die Bank machte Druck. Die Schulden waren Stefan über den Kopf gewachsen. Er wusste weder, wie er die Firma retten, noch wie er seine Familie über Wasser halten sollte. Völlig kopflos fuhr nach Hause und vorschloss die Augen vor den drohenden Gefahren.

»Wieso bist du schon heute zuhause? Ist etwas passiert?«, fragte Martina aufgeregt, als sie von der Arbeit kam.

»Frage nicht und nimm mich einfach mal in den Arm!«, entgegnete Stefan mit Tränen in den Augen. Dann erzählte er stockend, was sich in Irxleben ereignet hatte.

»Weiß du, was ich für eine Angst vor der Zukunft habe? Ich weiß gar nicht wo ich anfangen soll. Im Grunde habe ich vor allem Angst, was mit Finanzen zu tun hat oder dass es irgendwo Ärger gibt. Früher war ich so ein lebenslustiger Mensch. Und nun? Sie mich an! Ich bin ein Wrack!«

»Dann müssen wir halt das Sozialamt um Hilfe bitten. Als Du damals in die Slowakei abgehauen bist, haben sie auch unbürokratisch geholfen.«

»Mich quält eine unheimliche Angst, die auch unsere Ehe belastet. Meist fühle ich mich nur noch übel und ausgebrannt. Ich weiß nicht, wie ich etwas ändern kann, wie es wieder gut werden soll, weißt Du?«

»Wir werden eine Lösung finden. Irgendwie werden wir es schaffen. Du wirst sehen!«

»Du bist eine starke Frau und hast jede Hürde irgendwann geschafft«, ich beneide dich darum, »Ich habe einfach Angst, es im Leben nicht so zu schaffen, wie ich es mir wünsche. Ich wollte keine Schulden haben und will erst recht keine Sozialleistungen. Ich fühle mich wie der letzte Dreck!«

»Vielleicht hilft es Dir, an der frischen Luft spazieren zu gehen. Dann bist Du mehr hier im Moment und denkst nicht immer an deine Sorgen. Achte auf den Wind auf der Haut, das Vogelgezwitscher, den Duft des Waldes, das Gefühl der eigenen Füße auf dem Boden. Wenn Du all diese Eindrücke aufmerksam wahrnimmst, vergisst Du sie zu werten. Du kannst auch andere Tätigkeiten achtsam erleben, wie das Trinken einer Tasse Tee.«

»Du hast gut reden, Martina«, sprach Stefan. Die Tränen rollten ihm die Wangen hinunter, »Wie soll ich Benjamin jemals ein Vorbild sein als Versager?«

»Denke dir nicht all solche Szenarien aus, Stefan. Kommt Zeit, kommt Rat. Gut Ding will Weile haben und Rom wurde auch nicht an einem Tag erbaut. Vielleicht solltest Du Dir einen Anwalt nehmen? In Deiner Situation bekommst Du sicherlich Beratungshilfe. Es kann nicht schaden, wenn sich ein Anwalt das alles einmal ansieht. Sicherlich sieht er etwas, was wir gar nicht sehen können. Morgen gehst du erst einmal zum Sozialamt. Dann sehen wir weiter.«

Doch so einfach war es nicht. Die Kontoauszüge reichten dem Amt bei weitem nicht aus. Stefan sollte nachweisen, dass er die Außenstände nicht einbringen konnte. Wie sollte er das machen? Er sagte dem Amt, dass er sie gern abtreten würde. Dann könnte das Amt versuchen, das Geld beizutreiben.

Kurze Zeit später stellte die Krankenkasse Insolvenzantrag. Nun blieb Stefan nichts weiter übrig, als einen Anwalt einzuschalten. Bald klingelte der Gerichtsvollzieher fast täglich an seiner Tür, schaute beim ersten Mal durch die Wohnung, fand aber nichts Verwertbares.

Wieder einmal fühlte Stefan diese große Scham und die Schuld, weil er seine Gläubiger nicht bezahlen oder seinen Verpflichtungen nicht nachkommen konnte. Noch schlimmer war sein Gefühl, die Familie im Stich gelassen zu haben.

Er war wütend auf sich selbst, seine Gläubiger, auf Kramer, der ihn in diese Situation manövriert hatte, das System oder jeden anderen, den er für seinen Bankrott verantwortlich machte. Vor allem war er verärgert über Kramer, der scheinbar über alles lachte und über seine Leiche ging.

Er fühlte sich so hoffnungslos, hilflos und wertlos und verlor das Interesse an den Dingen, die ihm früher Freude bereitet hatten. Er sah keine Zukunft mehr und wusste nicht, wie es weiter gehen sollte. Stefan konnte nicht mehr schlafen, das Essen schmeckte nicht mehr, er konnte sich nicht mehr auf irgendetwas konzentrieren und sein Magengeschwür meldeten sich zurück.

Zu dieser Zeit kam ihm ein alter Gedanke in Erinnerung. Stefan wurde einstmals gefragt, wo er gerne leben würde. Seine Antwort war: an einem kleinen Haus am Ufer einen wunderschönen Bergsees. Später machte er sich Gedanken darüber, wo dieser See sein könnte. Die Alpen fielen ihm ein, die Anden, der Himalaya und irgendwann der Tian Shan. Er erinnerte sich nicht mehr, aus welchen Gründen er Alpen,

Anden und Himalaya ausgeschlossen hatte. Er erinnerte sich aber, dass ihm der Issyk-Kul im Tian Shan als einer der schönsten Bergseen der Welt beschrieben wurde.

Stefan entwickelte einen Traum. Wie wäre es, wenn er sich einfach auf den Weg machte, in Kyrgyzstan ein Jurte baute, mit einem Pferd durch den Tian Shan zöge, fotografierte, mit Menschen spräche, Legenden und Märchen aufzeichnete, so wie es einst Sven Hedin, Nikolai Przewalski oder Peter Semjonow es getan hatten? Weshalb tat er es nicht einfach? Was hinderte mich daran?

Doch es gab keine Informationen über dieses einst verbotene Land. Das Internet war noch nicht bereit, ausreichend Informationen bereitzustellen. Und so schrieb Stefan Briefe an Universitäten und Bürgermeister in Kyrgyzstan, um Näheres über dieses Land zu erfahren.

Mit einem Mal erinnerte er sich an den kirgisischen Schriftsteller Tschingis Aitmatow, dessen Erzählung Djamilia er als Jugendlicher in der Schule lesen musste. Diese von Louis Aragon als schönste Liebesgeschichte der Welt gepriesene Erzählung, empfand der einst pubertierenden junge Stefan als zutiefst langweilig. Zwanzig Jahre später rührte sie ihn zu Tränen, so dass ihm der Gedanke kam, dass ein einheimischer Schriftsteller ihm mehr über das Land erzählen könnte als jeder Fremde.

Stefan las als nächstes Aitmatows Erzählung »Der weiße Dampfer«. Beim Lesen entwickelte Stefans Fantasie Bilder in seinem Kopf, so plastisch, als hätte er leibhaftig am Ufer des Issyk-Kul gestanden und die Landschaft staunend betrachtet. Er musste dieses Bild malen: den türkisen See, die schneebedeckten Berge und den weißen Dampfer. Bald zierte ein von ihm selbst gestaltetes Ölgemälde dieses großen Traumes die Wohnzimmerwand.

Im Sommer kam ein Anruf vom Geschäftsführer des Instituts für Unternehmensführung aus Celle. Erwin Maßen war ein Bekannter von Kramer. Er hatte gehört, was Stefan widerfahren war. Er fragte Stefan, ob er Zeit für ein persönliches Gespräch hatte, weil er noch Mitarbeiter suchte.

Stefan verstand sich im ersten Augenblick gut mit Maßen. Maßen konnte ihn von sich und seinem Unternehmen begeistern. Im Grunde machte er das Gleiche, was Stefan im letzten Jahr gemacht hatte.

Nachdem er in Celle begonnen hatte, verspürte er, dass der Job nicht das war, was Maßen ihm versprochen hatte. Er bekam zwar ein möbliertes Zimmer in Celle, damit er nicht jeden Tag fahren musste, aber irgendwie bemerkte er nach einiger Zeit, dass das Chaos seiner alten Firma in der neuen seine Fortsetzung fand.

Seine Kollegen waren alle gescheiterte Existenzen wie er selbst. Einer von ihnen war ein Schiffskapitän, der seine Lizenz verloren hatte, der zweite war ein Unternehmer, der einen Suizidversuch überlebt hatte, einer ein Lehrer, der aus dem Schuldienst geflogen war und einer, der wahrscheinlich aus einer Drückerkolonne entflohen war. Stefan und diese vier anderen sollten nun ein Institut repräsentieren, doch es schien, dass alle von ihnen zu schwach waren, diesem sklavischen System zu entfliehen.

Maßen arbeitete mit Zuckerbrot und Peitsche. Abends lud er seine Leute gern zum Essen beim Jugoslawen ein. Die Wirtin kochte wirklich gut und günstig. Später wurden die Mitarbeiter mit Sliwowitz und Kruskovac gefügig gemacht. Am nächsten Tag brüllte Maßen seine Leute an, wenn sie zu wenige Termine oder Verkäufe gemacht hatten.

Die Ironie war, dass die Bestrafung die gleiche Hirnregion ansprach wie die Belohnung. Scheinbar konträre Vorgänge hatten die gleiche psychologische Basis: sie setzten ein für die Firma befriedigendes Ergebnis voraus. Maßen, der in seinem elegant eingerichteten Chefzimmer residierte, war überzeugt, dass er härter arbeitete als seine Sklaven an den Telefonen und bei den Verkaufsgesprächen. Schließlich erkannte der Staat bei Menschen seiner Klasse sogar das Essen mit seinen Sklaven als Arbeit an.

Stefan verfiel einem der größten Irrtümer, den viele Menschen begehen, nämlich zu glauben, dass ein Job hauptsächlich dazu da ist, Geld zu verdienen und um leben zu können. Schlimmer war jedoch, dass er bereit war zu glauben, dass Arbeit keinen Spaß machen oder erfüllend sein müsse. Den größten Teil des Tages opferte er diesem Irrglauben. Ein kleiner Teil diente dazu, seinen Irrglauben zu betäuben. Den Rest des Tages verschlief er. Was war der eigentliche Deal, den er eingegangen war? Fünf Tage etwas tun, das ihn nicht erfüllte, um zwei Tage frei zu haben.

Das Geld reichte kaum, um über die Runden zu kommen. Martina verdiente etwas hinzu. Doch auch damit wurden sie nicht reich. Benjamin war auf dem Sportgymnasium und musste auch unterstützt werden. Die Armut war bei Stefan angekommen. Maßens Schecks waren Versprechungen, die nur dann eingelöst wurden, wenn der Sklavendienst fortgesetzt wurde. Noch reichte es, die Miete zu begleichen und das Auto zu finanzieren. Große Sprünge waren nicht machbar. Zum ersten Mal verspürte Stefan, dass er als armer Mensch in Deutschland im Vergleich zur übrigen Gesellschaft ein Entrechteter war.

Um die Weihnachtszeit bekamen Martina und Stefan Besuch von seinem Bruder Andreas und seiner Familie. Groß war die Freude des Wiedersehens. Da es im Ort eine Eisbahn gab, lud Andreas alle zum Schlittschuhlaufen ein. Stefan hatte zum ersten Mal seit seiner Kindheit Schlittschuhe unter den Füßen. Anfangs war er so ängstlich, dass er sich kaum aufs Eis traute. Doch das Gefühl, hinter den Jungen zurückzubleiben, die

Erinnerung an seinen Mut in der Jugend und seine Tollkühnheit wuchsen mit jedem Schritt auf dem Eis. Er sah den Kindern und seinem Bruder zu und wollte auch das machen, was sie machten. Dann wollte er den Kindern hinterherjagen, rutschte auf den Kufen aus, wollte sich mit den Händen abfangen, bekam sie aber nicht schnell genug zu Seite und landete mit der Brust auf seiner Faust. Ihm war, als hätte ihm jemand ein Messer zwischen die Rippen gejagt. Ihm blieb die Luft weg. Ein gellender Schmerz breitete sich von den Rippen über den ganzen Körper aus und führte zu einem Schockzustand. Stefan glaubte, tot zu sein. Und das glaubten die Unbeteiligten wohl auch, als sie vor Schreck erstarrten, bevor sie ihm zu Hilfe eilten.

Es nutzte nichts. Stefan musste einen Arzt aufsuchen. Der Sportarzt stellte nach dem Röntgen lapidar eine Rippenprellung fest und verschrieb ihm Schmerztabletten. Martina las den Beipackzettel und bemerkte, dass eine der Nebenwirkungen Magen- und Darmbluten sein könnten. Großartig, das passte wie der Igel zum Taschentuch. Stefan brauchte eine wirksame Alternative für den bevorstehenden Silvesterurlaub im tschechischen Nachod. Die Zäpfchen halfen von der inversen Seite.

Stefan und Martina waren nicht das erste Mal im tschechischen Riesengebirge. Ihre Anreise erfolgte über das polnische Glatzer Bergland. Die kleine Stadt Nachod in Ostböhmen sollte nach den Willen ihrer Gründer friedliebenden Wanderern beistehen. Selbst in den letzten grauen und dunklen Tagen des Jahres zeigten sich das Renaissanceschloss, die gotische St. Lorenz-Kirche auf dem Masarykplatz, das alte barocke Rathaus sowie das neue Rathaus im Neorenaissancestil durch den glitzernden Schneeschmuck besonders zauberhaft.

Bei vielen seiner Reisen hatte Stefan den Eindruck gewonnen, dass so mancher Deutsche sich grob und ungehobelt benahm. Eleganz, Charme und Feinsinnigkeit schienen Eigenschaften, die er den Deutschen nur selten zugeschrieben hätte. Vielmehr empfand er sie oft als grobschlächtig und überheblich, sowie forsch und fordernd. Das Zusammensitzen bei Bier und Wurstplatte als Ausdruck der deutschen Geselligkeit empfand er selbst kulturlos. Gute Manieren schienen keine deutsche Reisetugenden zu sein. Bescheidenheit und Respekt vor fremden Kulturen waren nicht bei jedem Deutschen im Reisegepäck.

Das deutsche Wesen bestand grad in diesem Hotel darin, respektlos auf die tschechischen Menschen herabzuschauen. Und es waren viele Ostdeutsche, die, die D-Mark in der Hand, sich als etwas Besseres dünkten. Das war, wenn auch oft versteckt, aus ihren Worten und Gebaren herauszulesen. Eine Überheblichkeit, die keineswegs angebracht war. Nur wenn man nicht fließend Deutsch sprach, war man noch lange nicht dumm, wie viele von ihnen dachten.

Martina und Stefan wollte sich so gut wie möglich erholen, einfach etwas Ruhe finden, zumal Stefans Rippenprellung für ausreichend Schmerzen sorgte. Fast jede Alltagsbewegung tat ihm weh. Deshalb waren nur kurze und langsame Spaziergänge möglich. Schlimmer war es in den Nächten, denn auf der Seite oder auf dem Bauch konnte er überhaupt nicht liegen. Es schien sogar, dass der stechende Schmerz trotz aller Medikamente unerklärlich schlimmer wurde.

Eine Silvesterparty unter Schmerzen ist wohl für niemanden ein Vergnügen. Etwas gutes Essen, ausreichend betäubendes Trinken, um die Nacht zu überstehen, war Stefans Ziel an diesem Abend. Zwei jungen Männer hatten eine Becherovka-Flasche in der Hand und grölten ein unverständliches Kauderwelsch. Eine andere Gruppe trank sich in dieser Nacht ins Nirwana. Junge Mädchen ließen draußen im Schnee ihre Unterhosen herunter und pinkelten gleich neben das Hotel. Aus die Maus. Das war es. Martina und Stefan gingen ins Bett. Doch an Schlaf war nicht zu denken.

Am ersten Januar war es totenstill im Hotel. Am zweiten musste Martina den Wagen nach Hause fahren, weil Stefan vor Schmerzen dazu nicht in der Lage war.

Der Januar war ein Rutsch vom Regen in die Traufe. Als Stefan zurück ins Büro kam, hockte in vertraulicher Eintracht neben Maßen der grinsende Kramer. Maßen verlautbarte, dass Kramer nun mitregieren würde.

Zwei Psychopathen lenkten nun einen Haufen psychisch labiler Persönlichkeiten. Maßen und Kramer manipulierten und handelten, ohne Reue zu empfinden. Sie logen, betrogen und nutzen ihre Mitmenschen geschickt aus. Dabei waren sie ausgesprochen risikobereit und verhielten sich bedenkenlos. Sie setzen hemmungslos alles ein, um Kontrolle über Stefan und die anderen Kollegen auszuüben und ihre Ziele durchzusetzen.

Niemand erkannte, dass sie für Stefan und seine Kollegen sehr gefährlich werden konnten, da ihnen die Fähigkeit fehlte, sich in andere Menschen einzufühlen. Sie hatten keinerlei Schuldgefühle, wenn sie sich asozial oder gesetzeswidrig verhielten. Ihre fehlende Empathie führte zu raffinierter seelischer Gewalt unter Ausnutzung der Abhängigkeiten. Letztendlich machten sie Stefan zum Geschäftsführer der Gesellschaft, obwohl sie wussten, dass der Ruin bereits vorprogrammiert war.

Als Stefan am 3. Juni 1998 auf dem Weg ins Büro war, begegneten ihm in Zelle zahlreiche Einsatzfahrzeuge der Feuerwehr und viele Krankenwagen. Was war passiert?

Bei Tempo 200 war an einem Wagon eines ICE ein Radreifen gebrochen. Infolgedessen wickelte sich die weiche Eisenlegierung in Sekundenbruchteilen vom Rad, bohrte sich durch den Boden des Hochgeschwindigkeitszuges ins Innere des Waggons und verkeilte sich zwischen den Sitzreihen und dem Drehrahmengestell des Waggons. Ein Ende des gebrochenen Metallringes ragte aus der Unterseite des Zuges und schlug auf das Gleisbett.

Als der Zug schließlich vor der Brücke über eine Weichen fuhr, riss der verkeilte Radreifen einen Teil der Weiche von den Schwellen, bohrte sich durch den Waggon und hob ihn aus den Gleisen. Das herumgewirbelte Ende des Waggons prallte gegen einen Pfeiler der Brücke und brachte sie zum Einsturz. Was übrig blieb, war ein todbringender Trümmerhaufen.

Stefan erinnerte sich an das große Zugunglück in Langenweddingen 1967. Dort war sein Vater als Helfer vor Ort. Ganze Familien wurden damals ausgelöscht. Als sein Vater nach seinem Einsatz nach Hause kam, nahm er die Familie nur in den Arm und sagte weinend: »Gut, dass wir uns haben und gesund sind.« Stefan dachte auch an seine Urgroßmutter, die während des letzten Krieges vier Söhne verloren hatte und spürte instinktiv, dass einen solchen Verlust nur jemand nachfühlen könne, der ihn persönlich erlebt hatte.

Kurze Zeit darauf gab es erneut heftige Auseinandersetzungen zwischen Maßen, Kramer und Stefan. Diese leiteten den Ausstieg aus der Gesellschaft ein.

Die Verzweiflung und das Gefühl, nervlich am Ende zu sein, flackerte erneut wie ein Stichflamme auf. Nun gab es kein Licht mehr am Ende des Tunnels. Stefan hatte einen Zustand tiefer emotionaler, körperlicher und geistiger Erschöpfung erreicht. Nichts ging mehr und niemand hat seinen Zustand erkannt.

Stefan überkam das Gefühl, dass seine Seele nicht mehr konnte. Er fühlte sich komplett aus der Bahn geworfen, ähnlich dem Zug in Eschede. Es ging nichts mehr. Er rutschte in Zustände von subjektiver Bedrängnis, emotionale Lädierung, depressive Stimmung und vermehrter Ängste. Das letzte Selbstvertrauen stürzte in einen bodenlosen Abgrund, als er eine Ladung zum Gericht bekam. Mit Hilfe seines Anwaltes fiel das Urteil mit einer Geldstrafe noch glimpflich aus, doch im Grunde war er überhaupt nicht verhandlungsfähig zu diesem Zeitpunkt.

Eines Tages läutete erneut sein Telefon. Am anderen Ende der Leitung meldete sich ein Talant aus Kyrgyzstan. Stefan fiel aus allen Wolken. Er hatte im Jahr zuvor viele Briefe in dieses Land im Tian Shan gesendet, weil er einmal dorthin reisen wollte und es hier keine Informationen gab. Irgendwie war einer seiner Briefe in die Hände von Talant geraten. Der war grad in Hannover zu einem Sprachaustausch und meldete sich überraschend. Sie trafen sich. Als Talant in Stefans Wohnung kam, blickte er erstaunt auf das Gemälde, das Stefan nach den Worten von Tschingis Aitmatow gemalt hatte und sagte: »Issyk-Kul! Warst du schon einmal dort?« Sie redeten ein paar Stunden intensiv miteinander, dann lud er Stefan ein, ihn zu besuchen.

Kurz bevor Stefan sein Auto abgeben musste, lieh er sich das Geld für zwei Mieten von einem alten Freund. Der Gerichtsvollzieher besuchte ihn weiterhin mehrfach in der Woche, nur um festzustellen, dass es bei ihm nichts zu holen gab. Stefan hatte Albträume, Verfolgungswahn, konnte nicht einmal Auto fahren. Niemand konnte und niemand wollte ihm helfen. Er fühlte eine innere Leere in sich, die unbeschreiblich war.
Der Lebensgefährte seiner Mutter überließ Stefan im Herbst günstig seinen Ford, so dass Stefan zumindest Mobilität besaß. Deshalb konnte er als Saisonarbeiter bei einem Versandhandel in Verden anfangen. Es gab ein wenig Geld, bereitete dafür wenig Vergnügen. Das hielt bis Weihnachten, dann war diese Geldquelle erneut versiegt.
Über Nacht flüchteten Stefan, Martina und Benjamin aus der Wohnung in einen Nachbarort. Nichts wurde besser. Stefan

vegetierte mehr tot als lebendig dahin. Da Leben schien ihm nicht mehr lebenswert.

Nachts wälzte er sich stundenlang im Bett hin und her. In seinen Alpträumen verfolgen ihn mafiöse Gläubiger, ließ der verärgerte Vermieter ihm die Wohnung räumen, verurteilten ihn erbarmungslose Richter in roten Roben, saß er bis auf die Knochen abgemagert bei Wasser und Brot im Schuldturm. Dämonische Visagen beugten sich über ihn, berührten mit ihren fratzenhaften Masken knapp sein Gesicht. Aus ihren weit aufgerissenen Mündern quollen inquisitorische Fragen und beißende Vorwürfe.

»Sie haben die Krankenkasse um ihr Geld gebracht! Sie haben das Finanzamt betrogen! Sie haben dies und das nicht bezahlt! Nun stehen die Mitarbeiter auf der Straße. Daran tragen Sie die Schuld! Nur Sie! Ich beantrage die Höchststrafe«, krächzte der glattrasierte Staatsanwalt. Seine blutunterlaufenen Augen schleuderten ihm gefährliche Blitze entgegen. Mit jaulendem Geheul bestätigten die geladenen Zeugen ihre Notlage. »Was haben sie zu ihrer Verteidigung vorzubringen?« brüllte der Richter Stefan an. Als sich der Inquisitor bei seinen Worten vorbeugte, verwandelte sich sein Antlitz in die Form eines wutschnaubenden Stieres. »Die Mitarbeiter meiner Firma brauchten auch etwas Geld, um Leben zu können«, brachte Stefan zaghaft hervor. Der Schweiß rann ihm schon in Bächen an den Schläfen hinab. Er bemerkte plötzlich, dass er schrumpfte. Er krallte sich an der Tischplatte fest. Es nutzte nichts. Sein Stuhl, der Tisch, der gesamte Raum schien sich zu erweitern. Richter, Staatsanwalt und Zeugen wuchsen jählings. Ihre Blicke fokussierten sich in einem Punkt, der Schall ihrer Worte in demselben. Stefan zog sich zusammen wie ein Luftballon, bis er endlich dalag, schlaff, leer und winzig. »Der Angeklagte wird zum Tode verurteilt«, ertönte die Stimme des Richters. »Tod, Tod, Tod«, johlte die namenlose Ansammlung verzerrter Visagen. Wachte Stefan endlich auf, hämmerte sein

Herz wie wild. Er spürte, wie der Puls an seinem Hals Blasen schlug. Unwillkürlich begannen seine Hände zu zittern. Diese Angst hatte sich lange Zeit in seiner Seele einquartiert, wurde zu seiner ständigen Begleiterin. Unentwegt blies sie ihren eisigen Atem in Stefans Gemüt: »Du bist ein Versager, ein Schlappschwanz, eine Flasche!«

Geld! Geld! Geld! Immer wieder ging es nur ums Geld. Angst! Angst! Angst! Immer wieder ging es nur um die Angst. Es ging um die Angst, nicht genügend Geld zum Leben aufzubringen, die Angst zu versagen. Immer wieder stand Stefan auf, um seine Angst zu überwinden. Doch schmiegte sie sich an ihn wie eine Mistel an einen Baum. Das Publikum feuerte den verletzten Gladiator an: »Steh auf, arbeite, zahle deine Schulden, arbeite, zahle deine Miete, arbeite, zahle deine Steuern, arbeite, ernähre deine Familie, arbeite!!!« Und der Gladiator stand auf, kämpfte erneut. Weitere Wunden zog er sich zu. Er stolperte, fiel in den Schlamm, stand wieder auf. Das Publikum brüllte. Schwerverletzt rappelte sich Stefan auf. Seine Kameraden hatten ihn längst verlassen. Er flehte um Gnade, er bettelte um sein Leben, er wankte durch die Arena, suchend nach einem Schlupfloch, blind wartend auf den Todesstoß. Blut und Schlamm. Schlamm und Blut. Das Brüllen der Gaffer verlor sich in einem Rauschen. Müde war unser Kämpfer. Sehr, sehr müde.

Das Ende

Das gottverdammte Piepen des Weckers riss Stefan aus dem Schlaf. Er blieb noch einen Augenblick liegen und sah, wie aus bleigrauen Wolken Tropfen gegen die Fenster trommelten, sich langsam zu Rinnsalen vereinten, um dann lautlos die Scheiben hinunterzutrudeln.

Stefan ächzte sich aus dem Bett. Es war nicht die Zeit zu philosophieren, es war die Zeit zu handeln. Also setzte er als erstes Teewasser auf, bevor er sich ins Bad verzog. Er betrachte beim Rasieren sein Spiegelbild. Fremde Augen blickten ihm glasig entgegen. Lag das an seiner Erkältung, schon seit Tagen hustete er und verspürte ein starkes Kratzen im Hals, oder war es seine permanente Traurigkeit? Egal, er wollte heute nicht darüber nachdenken. Jetzt ging es erst einmal ums Überleben, darum, den Job zu behalten, denn heute war der Tag, an dem er zeigen sollte, dass er würdig war, in dieser Firma zu arbeiten. »Was soll's also, packen wir es an!«, dachte er, und sein Versuch, seinem Spiegelbild zuzulächeln, endete in einer jämmerlichen Fratze.

Nachdem Stefan eine Tasse wärmenden, wunderbar aromatischen Tee in sich hineingegossen und eine Zigarette, die ihm überhaupt nicht schmeckte – selbst Nichtraucher kennen diese Apathie der Geschmacksnerven während einer mustergültigen Erkältung – geraucht hatte, startete er den Wagen, schaltete das Radio an und fuhr endlich los. Die Stimme aus dem Lautsprechern plauderte im üblichen Ton über die Niederträchtigkeiten in dieser Welt: ein bekannter Politiker hatte sich beim Ladendiebstahl erwischen lassen. Vier Männer standen wegen Kinderpornografie vor Gericht. Ein Stuntman war im Dienst tödlich verunglückt. Bei einem Großbrand waren vierzehn Menschen ums Leben gekommen. Im Mordfall K. gab es keine neuen Erkenntnisse. Ein amerikanisches Kampfflugzeug beschoss eine irakische Raketenstellung. Der Präsident Russlands rechtfertigte weiterhin den Krieg in Tschetschenien. Das Wetter blieb regnerisch und stürmisch kalt. Es war also wie immer in der Welt, trostlos. Doch Stefan musste sich auf den Verkehr konzentrieren, dicht vor der Stadt gab es den allmorgendlichen Stau und bei diesem Wetter zuckelten die Pendler besonders vorsichtig dahin. Darüber zu fluchen oder sich darüber zu ärgern, hatte Stefan schon vor einiger Zeit aufgegeben. Wem sollte das nützen? Er quälte sich also über den Autobahnzubringer im Schritttempo in die Innenstadt vor und kam trotz allem noch pünktlich an.

»Sind gut drauf, Herr Opitz?« begrüßte ihn schon Herr Grauwald im Call Center Mitte, kurz CCM.

»Selbstverständlich, ich bin in Kampfstimmung«, Stefan war wie gewandelt, als hätte er mit dem miesen Wetter auch seine üble Stimmung vor der Tür gelassen.

Grauwald war etwas jünger als Stefan und strotzte nur so vor Selbstbewusstsein. Seine spitze Hakennase verzierte eine vergoldete Nickelbrille, die ihm, verbunden mit dem fast kahl geschorenen Schädel, ein etwas diabolisches Aussehen verlieh. Grauwald war nicht gerade beliebt bei den Kollegen, man könnte sogar behaupten, er war gehasst. Er spielte sich auf als Aufseher über die Sklaven, und seine Trainingsmethoden als Coach für den Verkauf waren durch unnachgiebige Härte gekennzeichnet. Lob – so etwas kannte er nicht. Er war der Meister! Er erinnerte Stefan an einen Dozenten während seines Studiums, der meinte, nur das Wissen des Lehrenden sei bei der Prüfung entscheidend. So spielte sich Grauwald wie ein Berserker auf, wenn nicht alles so lief, wie er sich das wünschte.

Und wie er sich es vorstellte, lief es nie. Stefan und seine Kollegen verkauften am Telefon Werbeartikel an Geschäftsleute, banale Dinge wie Plastiktüten, Kugelschreiber und Einwegfeuerzeuge, die einem guten Zweck dienen sollten letztendlich aber überteuert waren. Alle sahen diesen guten Zweck ein, ging es doch darum, gegen Kindesmissbrauch und Kindesmisshandlung vorzugehen. Doch Stefan und seine Kollegen verfolgte das bange Gefühl, dass das Geschäft im Vordergrund stand. Da half auch die Propaganda der Geschäftsleitung nicht viel. Ein gewisses Unwohlsein wurden die meisten Kollegen beim Verkauf dieser Werbeartikel nicht los.

Etwas zu verkaufen, ist schon eine schwierige Angelegenheit, wenn es nicht gerade etwas ist, was jeder braucht, aber etwas zu verkaufen, wovon man selbst nicht überzeugt ist, ist ein Ding der Unmöglichkeit. Hinzu kam, dass die Firma sich bei den zu verkaufenden Mengen wenig flexibel zeigte. Stefan konnte es durchaus nachvollziehen, wenn Minifirmen, die an der Sache interessiert waren, nach anfänglicher Begeisterung einen Rückzieher machten, weil die Anzahl der Artikel viel zu groß war. Manche von ihnen boten an, für die Organisation zu spenden. Das war von der Geschäftsleitung nicht gewollt.

Stefan kannte das Telefongeschäft schon von früher her. Er hatte es unter großen Schmerzen erlernen müssen. Ihm war bewusst, dass er sein Opfer am anderen Ende der Leitung begeistern, dass er ihm zuhören, nuancenreich argumentieren und dass er fleißig sein musste, wenn das Ergebnis stimmen sollte. Nur das Gesetz der großen Zahl garantierte den Erfolg. Was nutzte dieses Wissen, wenn die Vibrationen seiner Stimme ihn als Verlierer entlarvten, wenn sie dem Kunden signalisierten, dass da jemand an der Strippe hing, der von sich selbst nicht überzeugt war. Und wenn dieser Jemand schon von sich selbst nicht überzeugt war, dann taugte sicherlich sein Produkt auch nicht viel: Nepper, Schlepper, Bauernfänger.

Stefan musste, ob er wollte oder nicht, und das war sein Handicap, um diesen Job kämpfen, es war seine einzige Einnahmequelle, es war sein vielleicht letzte Chance. Er quälte sich schon seit Tagen. Anfangs fiel es ihm leichter, er war überzeugt, dass er es schaffen würde. Aber das Klima in der Firma kühlte sich von Tag zu Tag ab. Der Erfolgsdruck war einfach zu hoch, auch für die anderen Kollegen, und trotz allen Eifers wurden die Leistungen des Teams täglich erbarmungslos kritisiert. Das hielt keiner lange aus. Die Fluktuation destabilisierte und demoralisierte die Mannschaft. Neue kamen, alte Kollegen gingen. Und schon nach sechs Wochen war Stefan einer der Dienstältesten.

Heute sollte Stefan nun in die Folterkammer. So nannten sie dieses fensterlose, schallisolierte, winzige Kabuff, das nur mit einem Telefon ausgestattet war. Hier fand das Training des Verkaufsgespräches unter verschärften Bedingungen statt. Hier kam so mancher Kollege mit hochroten Kopf heraus, schweißtriefend, völlig entmutigt, mit den Nerven am Ende. Es gab auch einige, die hatten sich strikt geweigert, dort hinein zu gehen. Sie bevorzugten lieber die Kündigung oder kündigten von selbst.

»Na, Herr Opitz, dann wollen wir mal! Sie wissen ja, wie es funktioniert«, Grauwald hatte ein hämisches Grinsen aufgelegt, als freute er sich schon auf die Marter.

Stefan war es gleichgültig, er war davon überzeugt, seine Hausaufgaben gemacht zu haben. Er litt auch nicht unter Klaustrophobie, doch als er die Folterkammer betrat, fühlte er sich eingeengt, die trockene Luft nahm ihm den Atem. Die Folterkammer trug ihren Namen zu Recht. Aber er legte einfach los, wählte die vereinbarte Nummer. Tut, tut, tut, tönte das Freizeichen.

»Bäckerei Seidel«, meldete sich eine resolute Stimme.

»Schönen guten Tag«, weiter kam Stefan nicht. Auf der anderen Seite wurde aufgelegt.

Er wählte noch einmal.

»Bäckerei Seidel.«

»Schönen guten Tag...«, Stefan wurde barsch unterbrochen.

»Heute ist kein schöner Tag!«, erneut wurde aufgelegt.

»Mein Gott, ist der pingelig«, dachte Stefan und wählte noch einmal.

»Bäckerei Seidel.«

»Guten Tag, mein Name ist Stefan Opitz vom Call Center Mitte in Bremen, verbinden sie mich bitte mit dem Inhaber«, gab Stefan artig seinen Text wider.

»Was wollen sie von ihm«, fragte der Angerufene ungehalten.

»Es geht um den Beginn einer geschäftlichen Beziehung...«

»Das interessiert uns nicht!« Bums, wieder wurde aufgelegt.

Stefan begann noch einmal. Diesmal meldete sich eine freundliche, mädchenhafte Stimme: »Apotheke am Ring, Bischof, was kann ich für sie tun?«

»Guten Tag...«, Stefan legte erneut los.

»Tut mir leid, der Chef ist nicht im Hause. Können wir sie zurückrufen?«, flötete die Stimme.

»Danke, ich melde mich später noch einmal«, Stefan legte auf. Noch einmal griff er zum Hörer.

»BATEX GmbH, sie sprechen mit Frau Schulze.«

Stefan wiederholte seine Worte.

»Worum geht es denn genau?«, fragte die Stimme neugierig.

Stefan verhaspelte sich ein wenig, da klickte es im Hörer, und schon hörte er das Freizeichen.

Die Enge des Raumes und die trockene Luft trieben dem Trainierenden den Schweiß aus allen Poren. Die Zunge klebte fast am Gaumen fest. Wut sammelte sich in seinem Bauch an. Er hatte noch kein einziges Gespräch zu Ende führen können. Nun wollte er es erst recht hinter sich bringen.

»Metzgerei Fender«, eine tiefer Männerbass war zu hören.

»Guten Tag«, noch einmal wiederholte er seinen Text, doch er kam nicht weit.

»Interessiert mich nicht!« Es klickte.

Stefan drückte auf die Wahlwiederholung.

»Metzgerei Fender«, nun klang die Stimme unwirsch.

»Opitz, wir sind eben unterbrochen worden.«

»Sind wir nicht, ich habe aufgelegt.«

»Behandeln sie ihre zukünftigen Kunden immer so? Ich habe sie angerufen und ich bestimme, wann aufgelegt wird!« Stefan war auf hundertachtzig und knallte den Hörer auf die Gabel.

Sekunden später klingelte es in der Kammer. Grauwald brüllte durch den Hörer: »Opitz, kommen sie raus!«

Stefan begab sich ins Büro und begegnete den mitleidigen Blicken der Kollegen.

»Kommen sie mit!«, befahl Grauwald.

Stefan folgte ihm in die zweite Etage ins Besprechungszimmer.

»Was ist mit ihnen los, Opitz, haben sie den Verstand verloren?«, begann der Trainer ihn anzuschnauzen.

Stefan Wut war verflogen und hatte sich in ein depressives Insichgekehrtsein verwandelt.

»Nein«, antwortete er wie ein begossener Pudel.

»Was soll ich mit ihnen noch machen? Ich weiß, dass sie den Leitfaden beherrschen, aber sie telefonieren, als ginge sie das alles nichts an. Haben sie private Probleme?« und ohne eine Antwort abzuwarten, ergänzte er, »dann lassen sie diese zu Hause! Hier brauchen sie einen klaren Kopf, hier brauchen sie ein positive Ausstrahlung! Man, sie haben doch das Zeug zu einem guten Verkäufer!«

Stefan hatte keine Lust, Grauwald darzulegen, was sich in seinem Kopf abspielte. Er fühlte sich ausgebrannt, gedemütigt, verfolgt. Die Gedanken schossen ihm wirr durch das Hirn. Während Grauwald laberte und laberte, dachte Stefan an den gestern gesehenen Bericht im Fernsehen. Ein Deutscher Ingenieur aus Köln hatte den Stress und das Eingeengtsein in Deutschland satt und wanderte seit Jahren mit ein paar Kamelen die alten Karawanenrouten in der Wüste Sahara entlang, entdeckte die Natur, Zeugnisse früheren Lebens von Menschen und Tieren und fotografierte auf Teufel komm raus, schrieb alles auf. Er genoss die Freiheit, die unendliche Weite der Landschaft, die Einsamkeit in dieser bizarren Landschaft. War das nicht fantastisch? Er vermisste nicht das vorgeplante Leben der zivilisierten Gesellschaft, den täglichen Kampf um den Arbeitsplatz, das Gerangel der Ellenbogengesellschaft, keinen Kegelklub, keinen Biertisch, keine Zeitung, keinen Fernseher. Er sagte, er lebe seine Träume, und er unterschied sich nur von den vielen anderen Träumern dieser Welt, dass er seine Träume in die Tat umgesetzt hatte.

Und was tat Stefan? Er war froh und dankbar, dass er sich in dieser Firma für wenig Geld in vielen Stunden abrackern konnte, um in einer warmen Wohnung zu wohnen, jeden Abend todmüde ins Bett zu fallen, im Dunklen zu gehen und zu kommen und die kleine Hoffnung zu haben, irgendwann einmal die Freiheit der Berge Kyrgyzstans zu erleben.

War dieses Leben wirklich so bequem oder wollte er sich vor der Entscheidung nur drücken, wollte er niemandem weh tun, hatte er Angst vor der eigenen Courage?

»Hören sie mir überhaupt zu, Opitz?«

»Ja, natürlich«, log Stefan.

Grauwald durchschaute ihn.

»Hören sie mir zu! Das, was sie da unten erlebt haben, ist Kinderkram. Ich erzähle ihnen einmal meine Geschichte. Vor Jahren war ich völlig fertig mit der Welt. Zu dieser Zeit habe ich unseren gemeinsamen Chef getroffen. Er versprach mir, einen anständigen Verkäufer aus mir zu machen. Alles, was ich jetzt kann, habe ich ihm zu verdanken. Jeden Tag haben wir trainiert, Stunde um Stunde. Er erzählte mir auch die Geschichte von dem Weisen und seinen Jüngern, kennen sie die?«

»Nicht, dass ich wüsste«, antwortete Stefan.

Grauwald begann die Geschichte zu erzählen.

»Die Jünger fragten einen Weisen:

»Was machst du anders als wir? Warum bist du immer so guter Dinge? Warum bist du so gelassen?«

Der Weise antwortete:

»Das ist ganz einfach, wenn ich gehe, gehe ich, wenn ich stehe, stehe ich, wenn ich esse, esse ich, wenn ich lese, lese ich!«

Da sagten die Jünger ganz überrascht:

»Das tun wir doch auch!«

»Nicht ganz«, antwortete der Weise:

»Wenn ihr steht, geht ihr schon, wenn ihr geht, lauft ihr schon, wenn ihr lauft, redet ihr schon, wenn ihr redet, denkt ihr schon an etwas anderes!«

Gemeint ist hier die totale Konzentration all unserer Sinne auf das, was wir im Augenblick tun, haben sie das verstanden, Opitz?«

»Ich denke schon«, Stefan nickte.

»Damit ich den Sinn, mich auf das Wesentliche zu konzentrieren, besser begreifen konnte», ergänzte Grauwald, «führte unser gemeinsamer Chef folgende Therapie mit mir durch. Er sperrte mich in einen neonbeleuchteten, fensterlosen Keller. Von dort aus sollte ich ihm die Verkaufsmethode wortgetreu vorbeten, während er in seinem Büro in der zweiten Etage arbeitete. Die Türen waren verschlossen. Und erst, wenn er den Wortlaut verstehen konnte, wollte er mich hinauslassen. Ich begann zu beten. Nach einer halben Stunde läutete das Telefon: »Ich höre sie nicht!« Ich sprach lauter, wieder klingelte es: »Ich höre nichts!« Ich schrie wie ein Wahnsinniger meine Wut nach oben. Ich wollte raus, raus, raus. Ich wollte heraus aus diesem Gefängnis und war bereit, alles zu tun, was er verlangte. Mein Gesicht musste sich zu irrsinnigen Grimassen verzogen haben, während ich unbändig wie ein Stier den Text aus meiner Seele brüllte. Und der Zorn auf den da oben steigerte sich unaufhaltsam und wuchs bis ins Unermessliche. Ich war bereit, ihn zu töten. Mit meinen eigenen Händen wollte ich ihn erwürgen, sobald er sich in der Tür zeigen würde. Und ich hätte es auch getan, wenn mich nicht zwei Kollegen von seinem Hals gerissen hätten.«

Stefan wurde übel. Das waren ja sadistische Nazimethoden! Wollte Grauwald es etwa mit ihm oder seinen Kollegen auch so treiben, pervers.

»Man muss erst ganz unten und völlig zerbrochen sein, um wie Phönix aus der Asche steigen zu können. Und wenn sie es nicht mit eigener Kraft schaffen, endlich das umzusetzen, was wir ihnen im Guten beigebracht haben, dann werde ich sie zerbrechen, Opitz. Erst danach werden sie langsam zu dem

Menschen werden, der von sich sagen kann, dass er Verkäufer geworden ist. Dann können sie verkaufen, egal was, egal wo!« Stefan fühlte, wie ihm das Blut aus dem Gesicht wich.

»Ich gebe ihnen noch eine Frist von drei Tagen. Entweder klappt es dann wie am Schnürchen, oder ich werde so mit ihnen verfahren, wie es unser gemeinsamer Chef mit mir gemacht hat. Haben wir uns verstanden?« Grauwalds Blicke ließen keinen Widerspruch zu.

»Okay«, Stefan fühlte sich schon jetzt zerbrochen.

»Dann ab an die Arbeit. Sie machen heute fünf Verkäufe, klar?«

»Ich werde es versuchen«, Stefan schlich davon.

»Sie werden es tun!« brüllte Grauwald hinter ihm her.

Stefan ging an seinen Platz, an sein Telefon und arbeitete wie ein Berserker. Er schaute nicht nach links, nicht nach rechts, konzentrierte sich nur auf seine Gespräche. Fieberhaft flogen die Finger über die Tastatur des Apparates. Wieder und wieder sagte er seinen Spruch auf. Wieder und wieder hörte er: »Brauchen wir nicht! Wollen wir nicht! Ist uns zu teuer! Aber er gab nicht auf, versuchte es weiter, kämpfte. Und Tatsache, bis zum Mittag hatte er zwei Verträge in der Tasche. Stumpfsinnig mampfte er seine mitgebrachten Brote in der Mittagspause in sich hinein.

»Was hat der Grauwald mit Dir bloß gemacht?« fragte die rundliche Uschi, eine ältere Kollegin, die genauso spaßig wie nett und direkt war.

»Also, ich konnte überhaupt nicht arbeiten, so laut hat der den Hörer immer wieder aufgelegt, als ob Du es in der Folterkammer hören könntest«, erboste sich Michael, ein anderer Kollege, der morgens immer den ersten Kaffee kochte.

»Grauwald hat einen Tanz gemacht, so dass ich mich gar nicht mehr auf meine Gespräche konzentrieren konnte. Kopf hoch, Kleiner, wir lassen uns den Tag durch dieses Scheusal nicht vermiesen«, tröstete Uschi Stefan.

Nach dem Mittag war die Kraft raus aus Stefan. Er konnte sich bemühen, wie er wollte, er brachte einfach nichts mehr zustande. Die Stimme verlor mehr und mehr an Kraft, war es durch das viele Sprechen oder lag es an der Erkältung? Er konnte nur noch ins Mikrofon krächzen. In seinem Rachen brannte es, und er spürte Fieberschweiß auf seiner Stirn. Nach der letzten Pause rief ihn Herr Grauwald zu sich.

»Ich merke, dass es heute nicht so gut um sie bestellt ist. Sie haben sicher schon bemerkt, dass der Krankenstand im Team recht hoch ist. Wissen sie, was das der Firma jeden Tag kostet? Ich gehe einmal davon aus, dass sie sich heute sofort ins Bett legen und ihre Erkältung ausschwitzen, damit sie morgen wieder fit sind«, erklärte er.

Stefan war es egal, was Grauwald heute noch von sich gab, er nickte.

»Ich kann mich doch darauf verlassen, dass sie morgen das Team unterstützen?« bohrte er nach.

»Geht schon klar«, sprach Stefan gedankenlos dahin.

»Wenn sie mich enttäuschen sollten, wird das Konsequenzen nach sich ziehen! Das gibt richtig Ärger, das können sie mir glauben. Ich habe die Befugnis über die Zusammensetzung des Teams zu entscheiden. Überlegen sie sich es gut. Ich würde ihnen dringend raten, hier zu erscheinen. Sie wollen doch den Job, oder?« Grauwald hatte nun offen gedroht.

»Ja, natürlich«, Stefan gingen die Bemerkungen am Arsch vorbei. Er wollte möglichst schnell seine Ruhe, einfach nur weg von diesem Ort. Er war sich sicher, dass er nie wieder in dieses Folterhaus zurückkehren würde.

Als Stefan zerrüttet nach Hause kam, erzählte er Martina, wie es ihm an diesem Tag ergangen war. Sie schaute ihn an und sprach: »Morgen gehst du zum Arzt und lässt dich krankschreiben! Du bekommst ja kaum Luft. Egal, was passiert, diesem Sklaventreiber setzt Du Dich nie wieder aus.«

Am darauffolgenden Tag begab sich Stefan zum Doktor, der ihn fürs Erste krankschrieb. Nachdem Stefan seine Erkältung auskuriert hatte, vertraute Stefan seinem Arzt an, wie sein Arbeitgeber mit ihm umgegangen war und dass er dort nie wieder hinwollte. So bekam Stefan nicht nur einen gelben Schein, sondern auch eine Überweisung zum Psychologen.

Hingegen konnte Stefan nicht ahnen, dass eine derartige Ungleichbehandlung zwischen körperlichen und psychischen Beschwerden vorgenommen wurde. Während Betroffene bei einer körperlichen Erkrankung zeitnah und in der Regel bis zum Ende der Beschwerden Unterstützung erfuhren, sah es bei psychischen Erkrankungen wesentlich schlechter aus. Als Stefan bei einem Erstgespräch dem Psychologen seine Situation erläuterte, erklärte dieser ihm, dass er etwa ein halbes Jahr warten müsse, um eine Therapie beginnen zu können. Bei anderen Psychologen sähe es ähnlich aus. Schließlich litten vielen Menschen so wie er.

Während Martina jeden Tag zur Arbeit fuhr, fühlte sich Stefan sich einsam zuhause. An manchen Tagen war es fürchterlich, und an manchen ging es. Wenn sich seine Seele besonders alleingelassen fühlte, verkroch sich Stefan im Bett, auch mitten am Tag. Abends, wenn es dunkel wurde, war es besonders schlimm, auch wenn Martina daheim war. Sie selbst war hilflos und wusste nicht, wie sie damit umgehen sollte.

»Wenn ich nur wüsste, wie ich dich unterstützen kann«, sinnierte Martina.

»Während man sofort Pflaster zur Hand hat, wenn ein Freund sich das Knie aufgeschlagen hat, wissen die wenigsten, was zu tun ist, wenn die Wunde eine seelische ist«, entgegnete Stefan, »ich weiß selbst nicht, was ich tun kann. Und professionelle Hilfe ist nicht in Sicht.«

»Ich würde Dich gern unterstützen. Irgendetwas tun...«

»Ich bin es so satt, solche Floskeln wie *Das wird schon wieder!* oder *Reiß dich zusammen!* zu vernehmen. Niemand würde zu jemanden, der einen Herzinfarkt hat, so etwas Verletzendes sagen. Gern würde ich in meinem Leben wieder Freude empfinden. Im Moment verspüre ich nur Schwere und dass meine Situation von niemandem wahrlich ernst genommen wird. Ich glaube, ich brauche einfach jemanden, der mir Zeit schenkt, Zeit zum Reden, Weinen und Schweigen.«

Wenig später bekam Stefan Besuch von seinem Bruder Christian, der ihm anbot, in seiner Spedition im Lager zu arbeiten, bis er etwas Besseres finden würde.

»Etwas Ablenkung wird dir guttun. Ich weiß, viel kann ich nicht für dich tun, aber Du kannst hier doch nicht versauern, mein Lieber«, sprach Christian tröstend zu ihm.

»Ich danke dir von ganzem Herzen, dass du mir in deiner Firma eine Chance gibst. Ich selbst hätte mich nicht getraut, dich darum zu bitten.«

»Du kannst uns im Lager unterstützen und vielleicht auch im Büro. Komm morgen einmal zu in die Firma, dann sehen wir weiter.«

Stefan fühlte sich sehr dankbar gegenüber seinem Bruder.

Alles lief gut an in der Spedition. Stefan tat, was man ihm sagte. Nach einigen Wochen kippte jedoch die Stimmung. Christian sprach zu seinem Bruder:

»Manchmal stellst du dich an wie der erste Mensch. Und Ernie ist auch unzufrieden mit dir! Du kannst ja nicht einmal einen Auftrag richtig schreiben! Dann passieren dir auch noch dauernd Fehler beim Aufladen. Du warst doch selbst einmal ein Geschäftsmann, du musst doch sehen, was und wie etwas zu tun ist!«

Stefan fühlte sich in seiner Ehre verletzt.

»Nun, ich kann nicht in wenigen Wochen euer Geschäft beherrschen. Du bist jahrelang die Strecken rund um euer Geschäft gefahren. Ich kenne den Osten fast wie meine Westentasche, den Nordwesten aber kaum. In dieser Hinsicht stellst du viel zu hohe Erwartungen an mich. Aber ich habe eher das Gefühl, da ist irgendetwas anderes«, widersprach der ältere Bruder.

Zwei Tage später war Stefan pünktlich im Büro. Nichts hatte sich verändert. Sein immer lustiger Kollege Ralle war gerade dabei, den Lkw von einem der Fahrer zu beladen. Als sie fertig waren, kam Elvis, ein Sachse, der alles konnte und alles wusste. Zumindest bildete er sich das ein. Mit seiner schnodderigen Art pöbelte er wieder etwas herum. Dann trudelte auch Ernie, groß, schlank, schlaksig, einer der beiden Chefs ein. Er war wie mit seiner ölverschmierten Jeans und seiner blauen Fliegerjacke bekleidet. Er war einer von Stefans Brötchengebern. Es gab einige Fahrer, die um seine Gunst buhlten, nur weil sie ihn als Kumpel ansahen wegen seiner schmutzigen Kleidung und seiner flotten Sprüche: Moin, moin, Kumpel, geht es heute noch auf die Mutti? Aber erst müssen die Räder rollen! Zeit ist Geld!

Stefan sortierte just im Moment Lieferscheine in die Ordner ein. Gegen acht erschien Christian mit einem Gesicht, als hätte er die letzte Nacht im Freien verbringen müssen. Ohne einen Gruß setzte er sich an seinen Platz. Hatte Stefan ihn mit seiner Bemerkung verärgert? So brennend sein Wunsch auch war, nur irgendeine Reaktion zu erfahren, so ruhig und gelassen nahm Stefan Christinas Ignoranz hin. Etwas schien nicht zu stimmen. Erst gestern hatte der Bruder seinen brüderlichen Angestellten die gesamte Lagerhalle fegen lassen. Das war schon etwas abartig. Gab es in dieser noch jungen Firma so wenig zu tun, dass er zu solch einer Beschäftigungstherapie greifen musste? Geschah es aus Gedankenlosigkeit oder war es Bosheit? Stefan wusste nicht, was er davon halten sollte.

Im Laufe des Vormittags half Stefan dem immer vergnügten Ralle, der ihn mit seiner Arabermütze und seinem schalkhaften Gesicht sehr an Nasreddin erinnerte, beim Bau einer Werkbank. Ernie hatte sich auf den Weg gemacht, um ein paar geschäftliche Dinge zu erledigen. Christian telefonierte und hackte missmutig etwas in die Tastatur des Computers. Kurz vor zwölf rief er den beiden Arbeitenden zu, dass er jetzt gehen müsse. Er müsse mit seiner Frau zum Arzt.

Ernie kam zum Mittag wieder. Er brachte Essen mit: eine undefinierbare Suppe, eher ein Brei ohne konkrete Farbe und Geschmack. Dazu gab es Würstchen, das einzig Genießbare. Kaum hatten sie das Essen hinuntergewürgt, kam Besuch. Ernies Verlobte und ihre Freundin hatten Langeweile und verwickelten Ernie in ein Gespräch. Im Moment hatte Stefan nichts zu tun. Es musste so aussehen, als würde er den ganzen Tag nur herumsitzen. Das war ihm dann doch zu langweilig. Er verabschiedete sich wieder in die Lagerhalle und half Ralle erneut beim Bau der Werkbank. Mit ihm machte das Arbeiten Spaß. Er war immer gut gelaunt und dazu noch ein geschickter Handwerker. So verging die Zeit schnell vorüber, und schon kamen auch die Fahrer von ihren Touren wieder zurück.

Als sich die Fahrer in den Feierabend verabschiedet hatten, sortierte Stefan schnell die mitgebrachten Lieferscheine ein und machte sich daraufhin fertig zum Dienstschluss.

»Setz dich mal hin!« befahl ihm Ernie.

Stefan ahnte nichts Gutes. Schon am Vorabend ließ Ernie durchblicken, dass er ihn nur noch ein paar Tage in der Woche brauchen würde, um seiner Verlobten die Möglichkeit zu geben, Praxiserfahrungen zu sammeln. Schließlich mache sie ja eine Speditionslehre. Nun glaubte Stefan, dass Ernie das Gespräch noch einmal vertiefen wollte. Noch immer hatten die beiden Chefs sich nicht geäußert, wie seine zukünftigen Aufgaben aussehen würden und was sie Stefan für seine Arbeit bezahlen wollten. Bisher gab es in dieser Hinsicht nur nebulöse Aussagen.

»Wie lange bist du jetzt hier?« fragte Ernie in seiner gewohnt lässigen Art.

»Seit sechs Wochen«, antwortete Stefan ihm verwundert, weil er nicht wusste, worauf der Chef hinauswollte.

»Und du hast es immer noch nicht begriffen, dass wir hier Wert auf eine absolut korrekte Arbeit legen. Man müsste denken, dass es mit der Zeit besser würde, aber es wurde immer schlimmer mit dir. Am Montag hast du etwas Falsches aufgeladen, etwas, was für einen anderen Kunden bestimmt war. Nur gut, dass der Kunde selbst den Fehler bei uns gemeldet hat. Dann war einer der Fahrer mit einer Sendung Stahl unterwegs, die für einen anderen Kunden bestimmt war. Und gestern zeigst du mir etwas, und wenn ich das aufgeladen und den Fehler nicht vorher entdeckt hätte, wäre wieder etwas falsch gelaufen. Ich denke, du bist hier fehl am Platz. Wir können uns solche Schludrigkeiten nicht leisten. Du brauchst morgen nicht mehr zu kommen! Was brauchst du zum Leben? Ich gebe dir für deine Zeit hier zwölfhundert Mark, ist das in Ordnung?«

Stefan war wie vor dem Kopf geschlagen. Seit ein paar Wochen ging es mit seiner Angstpsychose etwas aufwärts. Gerade gewöhnte er sich langsam wieder an ein normales Leben, hatte zu planen begonnen. Er wusste, dass er nicht so viel Geld verdienen würde, arbeitete aber täglich im Schnitt elf Stunden, hatte dazu jeden Tag noch eineinhalb Stunden Weg und nun das. Und dann wollte ihn Ernie auch noch abspeisen mit diesem Hungerlohn. Aber er hatte das Gefühl, die Sache sei beschlossen und kämpfen um den Job würde sich nicht lohnen. Auch fehlte ihm die Kraft. Er wusste, dass ihm ein paar Fehler unterlaufen waren. Na und? Aus Fehlern kann man lernen! Er spürte einen Stich im Herzen, es war so, als hätten die beiden Chefs, sein Bruder eingeschlossen, ihn ins offene Messer laufen lassen. Wo war überhaupt der Bruder, der zweite Chef? Weshalb ließ er das zu? Weshalb drehte er sich weg, während sein Partner den Bruder in den Abgrund stürzte? Stefans Gedanken purzelten chaotisch durcheinander, ehe er sich einigermaßen fing.

»Das meinst du doch nicht ernst. Selbstverständlich beanspruche ich mehr Kohle, zumindest einen Stundenlohn von fünfzehn Mark!«

Ernie war etwas verdutzt, in dieser Beziehung auf Widerstand zu stoßen, er hatte die zwei blauen und zwei braunen Scheine bereits zurechtgelegt.

»Wie viele Stunden warst du denn hier?« schien er darauf einzugehen.

Stefan suchte seine Stundenabrechnung vom Vormonat. Da waren noch 43 Stunden offen und mit dem aktuellen Datum kam er auf 206 Stunden, »bei Dreitausend können wir uns einigen.«

Hinter Ernies Stirn begann es zu arbeiten. Umständlich kramte er die Kasse aus seiner Schublade, schloss sie auf, zählte die noch vorhandenen Scheine, stellte fest, dass er gar nicht so viel hatte und fing an:

»Also, fünfzehn die Stunde kannst du voll vergessen. Das zahle ich ja gerade dem, der volle Leistung bringt. Du hast doch mehr Schaden verursacht, als dass bei deiner Anwesenheit noch etwas herauskam. Selbst am Computer hast du dich angestellt wie der erste Mensch, und als du mal einen Auftrag schreiben solltest, hast du drei Fehler eingegeben. Gut, du hattest noch ein paar Auslagen, um hierher zu kommen. Ich gebe dir noch dreihundertfünfzig Fahrgeld dazu. Dann ist aber Schluss!« seine Worte ließen die Endgültigkeit des Gesagten erkennen.

Stefan steckte das Geld ein, nahm die paar persönlichen Dinge aus dem Schreibtisch und schloss die Tür hinter sich. Er war stocksauer. Er war wütend. Er war verbittert.

Am meisten ärgerte er sich darüber, dass die beiden in ihm Hoffnungen geweckt hatten. Gerade hatte er angefangen, darüber nachzudenken, wie sein Leben weiter gehen sollte. Zum ersten Mal seit langer Zeit war in ihm neuer Lebensmut entstanden. Noch schlimmer empfand er es, dass sie ihn jetzt mit den paar Groschen abgespeist hatten. Und am aller schlimmsten fand er, dass sein Bruder sich geschickt aus allem herausgehalten hatte. Dieser Feigling! Stefan fühlte sich als größten Hornochsen aller Zeiten, hatte er sich doch Gedanken über seinen Bruder gemacht, wollte er mit ihm über seine Situation reden, hatte er ihm für die gegebene Chance gedankt. Ha! Der war erst einmal für ihn gestorben.

Das war es also mit dem Speditionsgeschäft. Stefan durfte gar nicht daran denken, was jetzt zu Hause wieder auf ihn zukommen würde. Wirr und wirrer schwirrten ihm die Gedanken durch den Kopf. Während der Heimfahrt spürte er sein Herz hämmern, dumpf trommelte es gegen die Brust. Die Halsadern bildeten Knoten, und in seinem Kopf widerhallte ein ersterbendes Dröhnen. Bisweilen bekam die Straße Schlagseite, verschwammen die entgegenkommenden Fahrzeuge wie unter einer Gummilinse. Nur nicht nach Hause jetzt und in diesem Augenblick! Und niemand war da zum Reden, kein Freund, kein Bruder, kein Nichts. Und er tat etwas, was er noch nie in einer solchen Situation getan hatte.

Im »Krug«, der Kneipe seines Dorfes, trank Stefan sein erstes Bier in einem Zug leer. Das Bier war kühl. Der Wirt, den er insgeheim den Schweiger nannte, hatte kurz vorher ein neues Fass angestochen. Er kippte gleich noch einen Kurzen hinterher. Der Schweiger stand mit verschränkten Armen hinter dem Tresen und grinste in die halbdunkle Gaststube, in der außer einem nuschelnden Stammgast niemand saß. Der Stammgast brabbelte leise in plattdeutscher Sprache vor sich hin. Als Stefan sein zweites Bier und seinen zweiten Schnaps ausgetrunken hatte, gab er dem Wirt einen Wink nachzuschenken. Er trank ein Bier und einen Korn nach dem anderen, fing an, dummes Zeug zu labern. Er wollte sich nur zuschütten, nichts mehr merken, für einen Moment alles vergessen. Nach zwei Stunden hatte er sein Ziel erreicht und torkelte heimwärts.

Licht

Nun hatte Stefan all seine Hoffnungen verloren. Die Übelkeit und das Zittern der Hände verstärkten sich erneut. Die außergewöhnliche Unruhe, die sich während seiner Arbeitszeit etwas gelegt hatte, war wie ein Sturzbrecher über ihn gekommen, hatte ihn erfasst wie ein alles einsaugender Strudel. Gefesselt und geknebelt saß er in den folgenden Tagen wie ein Sträfling des siebzehnten Jahrhunderts in seiner Wohnung. Doch konnte er sich nicht bewegen, oder besser, sich nicht entschließen, irgendetwas Sinnvolles zu tun. Leere, Leere, wahnwitzige Leere. Gedanken wirr durcheinander, chaotisch, konfus. Schwermut, Trauer, Hoffnungslosigkeit. Leben, was war das? Was bedeutete dieses? Einsamkeit, Verurteilung zum Nichtstun – doch nein – nicht die Verurteilung war es, es war die körperliche Unfähigkeit, das Zusammenspiel von Geist und Fleisch, die ihn in eine Art Starre versetzt, eine betonische Starre. Sinnlosigkeit, Hoffnungslosigkeit, Aussichtslosigkeit, Starrheit, grausame Sprachlosigkeit.
Mit seiner Frau konnte er sich nicht mehr unterhalten – worüber auch? Und mit seinem Sohn ging es ihm genauso. Dann grämte er sich immer noch über Christian. Der Bruder hatte sich weder am Tag der Entlassung noch an einem der folgenden gemeldet. Irgendwann begegnete Stefan ihm noch einmal, und alles was zwischen den beiden Brüdern gesprochen wurde, war ein flüchtiges »Hallo«, keine Entschuldigung, kein »Es tut mir leid«, keine Erklärung, kein »Wie geht es dir?«, nur ein beiläufiges Hallo, als kenne man sich gar nicht weiter. Stefan hatte keine Kraft, etwas zu sagen. Und Christian schien alles am Arsch vorbei zu gehen. War das nicht traurig? War das nicht beschämend, dass die beiden Brüder nicht mehr miteinander reden konnten?

Man kommt auf die blödsinnigsten Gedanken, wenn man ohne Arbeit herumläuft, zu Hause sitzt und grübelt. Wer war er, dass er zu Hause sitzen musste und warten, ein Mann Anfang Vierzig? Wer war er, dass ihn keiner haben wollte, weil so viele Junge es billiger und williger machen. Wer war er? War seine Erfahrung nicht mehr gefragt? War nur noch Jugend Trumpf? Gehörte er schon zu ausgepowerten Generation, die sich alles gefallen lassen musste, gehorsam war bis zum Rausschmiss, Überstunden klopfte, wenn es verlangt wurde und sich dann nach Hause schicken ließ? Wer war er?

Wie konnte sich ein erwachsener Mann so hängen lassen? Warum riss er sich nicht zusammen? Wieso suchte er sich nicht irgendeinen Job? Was trieb ihn in die Isolation? Hätte er eine schwere Erkrankung, einen Beinbruch, Lungentuberkulose oder Krebs, so würden seine Mitmenschen eher Verständnis oder Mitgefühl für ihn aufbringen. Aber so versprühten sie den Eindruck, als würde Stefan simulieren, als drückte er sich vor der Arbeit und somit vor der Verantwortung. Und sie ließen ihn ihre Verachtung für sein Verhalten spüren. Und wie reagierte er? Er konnte kein Gefühl mehr aufbringen, kein Gefühl der Zuneigung, kein Gefühl der Liebe, kein Nichts. Im Gegenteil, er entfernte sich von allen. Er versuchte alles, damit er nicht reden musste, ging spät ins Bett – sicher auch, weil er ohnehin nicht schlafen konnte. Er trank zu viel, damit sich seine Not wenigstens für wenige Augenblicke linderte. Trotz allem hatte er wieder einige Bewerbungen geschrieben, hatte er sich erniedrigt, um einen Job zu betteln - ja auch dies verlieh ihm das Gefühl der Demütigung. Doch es kam, wie es kommen musste. Er erhielt nur Absagen, Absagen, Absagen.

Dann träumte Stefan erneut vom Issyk-Kul, von seinem Vater. Immer wieder sah er dieses türkise Wasser und die schneebedeckten Berge vor sich, und im Takt des Wellenschlages flüsterte der See mit der Stimme seines Vaters:

»Komm her zu mir, komm doch endlich her!« Dann kamen Stefan erneut Zweifel. Würde er das Richtige tun? Wie sollte er dorthin gelangen? Was sollte er dort tun? Wovon sollte er leben? Machte ihn dieses Leben dann glücklicher? Auf der anderen Seite sah er sich als Heimatloser durch die Welt wandern, auf der Seidenstraße entlang, Geschichten sammeln, Legenden, Erzählungen, Sagen, sah, wie er alles aufschrieb, mit Fotos dokumentierte, forschte, Menschen kennenlernte, lachte, sich freute, das Leben lebte, sich keine Gedanken machte, wie er den nächsten Tag überlebe würde, sondern jeden Tag einfach lebte.

Was war hier und jetzt? War er nicht bereits tot? Machte er es sich nicht einfach bloß selber schwer, indem er hierblieb und seine Entscheidung wieder und wieder verschob? Dann dachte Stefan an seinen Sohn. Würde er ihn vergessen, wenn er fortginge? Würde er ihn verfluchen? Würde er ihn gar hassen? Doch selbst, wenn er das täte - daran glaubte Stefan kaum - würde er sich nicht einfach besser fühlen? Würde seine Seele nicht freier sein in den Bergen des Tian Shan? Würde ihn das einfache Leben nicht viel mehr beruhigen? Würde er nicht viel eher zu seinem Selbst finden, zum Schriftsteller, zum Wanderer zwischen den Welten, zum Entdecker? Würde dieses Leben ihn nicht viel mehr befriedigen, wenn es ihm gelänge, das, was er auf diesen Reisen entdeckte, fotografierte und aufschrieb, zu publizieren? Musste er deshalb in Armut leben? Oder wären die Entdeckungen, der Anblick wunderbarer Naturschönheiten, die Gespräche mit Fremden und neuen Freunden nicht Reichtum und Luxus? Und gäbe es nicht die Möglichkeit, ganz von vorn anzufangen, neu zu lernen, neue Sprachen zu sprechen, unvoreingenommene Menschen kennenzulernen, von ihnen ihre Sitten und Bräuche zu erfahren, ihnen von der alten Welt zu erzählen, um so die Begegnung von Orient und Okzident um eine Nuance zu erweitern? Waren das nicht wunderbare Gedanken? Könnte die Welt nicht dadurch profitieren, nicht einmal ein klitzekleines Stück?

Was hinderte ihn also, seine Sachen zu packen? Ganz einfach, weil er nicht wusste, wie er vorgehen und es finanzieren sollte. Seine geliebten Bücher, seine Musik, auf all das wollte er nicht verzichten. Auch brauchte er einen Computer. Ohne dieses Hilfsmittel wäre er fast ein Analphabet. Allein zum Schreiben brauchte er dieses Gerät. Und würde er dann nicht viel schreiben müssen? Die Geschichten, die er erführe und viele, viele Briefe an seinen Sohn, an seine Mutter, an seine Brüder, sicherlich auch an Martina, die er so schnell nicht vergessen könnte.

Er spürte, wie die weiße Stille des Tian Shan friedfertige Seligkeit atmete, wie er in Trance und doch hellwach schweigend vorwärts über die Höhen der von Edelweiß übersäten Wiesen eines Hochtales, eskortiert von zwei hoch über ihm fliegenden Adlern im strahlenden Sonnenschein, schritt, wie blaue Seen von fern blinkten. Und er spürte die Freiheit der Berge, die Freiheit der Weite, die Freiheit der Stille, die Freiheit vor Tengri, dem Gott der Berge. Es gab nichts, was seine Seele einengte, nur das Wetter, nur die Natur stand über ihm. Mit ihr müsste er leben, nicht gegen sie kämpfen, nein, mit ihr leben. Ist das nun Kampf, oder ist es die biologische Notwendigkeit, sich nach der Natur und ihren Gegebenheiten zu richten?

Es fiel ihm außerordentlich schwer, sich für einige Zeit auf eine Arbeit oder Tätigkeit zu konzentrieren. Manchmal quälte ihn die Vorstellung, sein ganzes Wissen drohe zu verschwinden, und manchmal vergaß er wirklich etwas Reales, so den Haustürschlüssel, die Telefonnummer und den Namen von demjenigen, den er gerade anrufen wollte, den Namen eines Autors oder Titel eines Buches, das er gerade las. Manchmal verwandelte sich sein Gang aus dem Haus in einen Horrortrip. Er fühlte sich klein und jämmerlich, wie ein aus dem

Mutterleib mit Gewalt entferntes Embryo, das in der Kälte der ihm fremden Welt, ohne die nährende Muttermilch und die Wärme der ihn schützenden Gebärmutter, zu überleben versuchte.

Schwarze Gewitterwolken verdüsterten sein einst heiteres Gemüt, lähmende Angst raubte ihm den Lebensmut, Schlaflosigkeit boykottiert die süßesten Träume, in bodenlose Trauer versank seine traurige Seele, die sich nun wie ein Schatten über sein Dasein legte. Schwer schleppten sich die grauenvollen Stunden seiner Gegenwart dahin, und in seinen zwiespältigen Fantasien wohnte er in einem Tal voller vielfarbiger Gräser. Alles um ihn herum hatte sich verändert. sternengleiche Blüten verwelkten und kamen nicht wieder. Die Farben des grünen Teppichs waren verblichen. Eine nach der anderen welkten die lustigen und bunten Blüten dahin, und an ihre Stelle sprossen viele dunkle, schwarzblaue Veilchen, gebeugt und beschwert vom Tau, aus der Erde. Das Leben entwich auf seinen Wegen. Der majestätische Adler spreizte nicht mehr vor ihm sein erdfarbenes Gefieder, sondern war traurig aus dem Tal in die nahen, schneebedeckten Berge geflogen, mit all den munteren, schimmernden Sängern, die mit ihm gekommen waren. Die silbernen Fische, die durch den Fluss schwammen, waren entflohen und hörten auf, ihn zu schmücken. Die friedliche Weise der Natur verstummte allmählich, wurde immer leiser, bis sie schließlich in ein eisiges Schweigen verfiel. Zuletzt erhob sich auch die große, weiße Wolke, die Berggipfel in einstiger Dunkelheit zurücklassend, und sank nieder zum westlichen Horizont hinab und entzog dem Tal des Lebens ihren Purpurglanz. Nur ein klitzekleines Licht, ein einziger blinkender Stern in der Dunkelheit der Nacht, gab ihm ein wenig Hoffnung.

Aber die Verheißungen des Issyk-Kul blieben unvergessen. Stefan hörte seine sanfte Stimme schwingen. In stillen Stunden, dann, wenn ihm das Herz besonders schwer wurde, kamen mit sanften Seufzern beladene Winde aus dem Osten, ein unbestimmtes Geflüster erfüllte die nächtlichen Lüfte. Und jedes Mal, ach, jedes Mal erwachte er aus seinem totähnlichen Trancezustand mit dem Gefühl eines väterlichen Kusses auf die Stirn.

Doch die Leere in seinem Herzen wurde davon nicht ausgefüllt. Seine Sehnsucht nach den Bergen und Menschen des Tian Shan, nach seinem Vater, dem Issyk-Kul, wurde größer denn je. Die Welt verdunkelte sich mehr und mehr vor seinen Augen, und verschreckt spürte Stefan dieses heiße Verlangen, diese unstillbare Sehnsucht nach dem Tian Shan. Nichts konnte ihn mehr in Entzücken versetzen. Alles übrige versank in Bedeutungslosigkeit. Was konnte er tun? Wie konnte er sich dem widersetzen? Und wollte er das überhaupt? Wie einst die Sirenen Odysseus in ihren Bann zogen, so zerrte an ihm der Issyk-Kul, sein Vater. Und er hörte seine schrecklichen Schreie, als wisse er Stefan in Todesgefahr, Tag für Tag.

Irgendwie kam Stefan noch an einen Job in einer Schilderfabrik in Delmenhorst. Es war eine stupide Arbeit, die ihm keinen Vergnügen bereitete. Ohnehin war sie nur befristet. Aber sie brachte ihm etwas Geld für seine Reise. Denn er musste nach Kyrgyzstan reisen, sonst wäre er wohl vor Sehnsucht gestorben. Als er das Ticket endlich hatte, das seine Oma ihm bezahlt hatte, offenbarte er der staunenden Familie, seine Pläne. Ein Woche später flog er in den Osten zur Perle vom Tian Shan und kehrte als ein neuer Mensch zurück.

Weitere lieferbare Bücher von Roland Pöllnitz

Rajymbek (Roland Pöllnitz)
Tian Shan
LULU 2013
464 Seiten, broschiert 26,70 €
ISBN 9781291299410

Rajymbek (Roland Pöllnitz)
Der Schuh am Baikalsee
LULU 2012
326 Seiten, broschiert 21,35 €
ISBN 9781447674887

Roland Pöllnitz
Nepal – Im Land meines Bruders
BoD 2020
204 Seiten, broschiert 14,99 €
ISBN 9783751977319

Roland Pöllnitz
Inseln der Glückseligkeit
Books on Demand 2024
316 Seiten, broschiert 22,90 €
ISBN 9783758363306

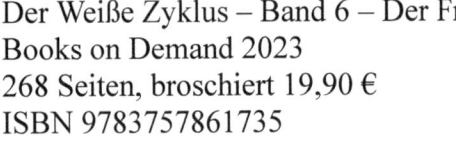

Roland Pöllnitz
Der Weiße Zyklus – Band 6 – Der Frieden
Books on Demand 2023
268 Seiten, broschiert 19,90 €
ISBN 9783757861735

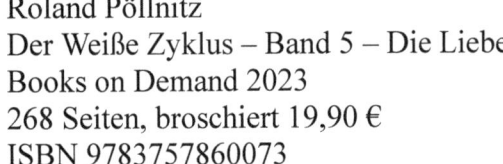

Roland Pöllnitz
Der Weiße Zyklus – Band 5 – Die Liebe
Books on Demand 2023
268 Seiten, broschiert 19,90 €
ISBN 9783757860073

Roland Pöllnitz
Der Weiße Zyklus – Band 4 – Der Winter
Books on Demand 2023
268 Seiten, broschiert 19,90 €
ISBN 9783757845353

Roland Pöllnitz
Der Weiße Zyklus – Band 3 – Der Herbst
Books on Demand 2023
268 Seiten, broschiert 19,90 €
ISBN 9783757829230

Roland Pöllnitz
Der Weiße Zyklus – Band 2 – Der Sommer

Books on Demand 2023
262 Seiten, broschiert 19,90 €
ISBN 9783738624229

Roland Pöllnitz
Der Weiße Zyklus – Band 1 – Der Frühling
Books on Demand 2023
268 Seiten, broschiert 19,90 €
ISBN 9783750404175

Roland Pöllnitz
Liebe ohne Ende – Band 5
(Das längste Liebesgedicht der Welt)
Books on Demand 2022
358 Seiten, broschiert 19,99 €
ISBN 9783756851195

Roland Pöllnitz
Liebe ohne Ende – Band 4
(Das längste Liebesgedicht der Welt)
Books on Demand 2022
350 Seiten, broschiert 19,99 €
ISBN 9783756816118

Roland Pöllnitz
Liebe ohne Ende – Band 3
(Das längste Liebesgedicht der Welt)
Books on Demand 2022
350 Seiten, broschiert 19,99 €
ISBN 9783756815197

Roland Pöllnitz
Liebe ohne Ende – Band 2
(Das längste Liebesgedicht der Welt)
Books on Demand 2022
350 Seiten, broschiert 19,99 €
ISBN 9783756295296

Roland Pöllnitz
Liebe ohne Ende – Band 1
(Das längste Liebesgedicht der Welt)
Books on Demand 2022
350 Seiten, broschiert 19,99 €
ISBN 9783756212293

Roland Pöllnitz
Gedanken für das Seelenheil
(Gedichte)
Books on Demand 2022
290eiten, broschiert 19,99 €
ISBN 9783756837304

Roland Pöllnitz
Gedichte aus dem Zauberwald
(Gedichte)
Books on Demand 2021
238 Seiten, broschiert 14,99 €
ISBN 9783754310860

Roland Pöllnitz
Die Tänzerin im roten Kleide
(Gedichte)
Books on Demand 2021
122 Seiten, broschiert 14,99 €
ISBN 9783754330833

Roland Pöllnitz
100 pandemische Liebesgedichte
(Gedichte)
Books on Demand 2020
122 Seiten, broschiert 9,99 €
ISBN 9783752661934

Roland Pöllnitz
Die Zeit kennt nur die Ewigkeit
(Gedichte)
Books on Demand 2020
162 Seiten, broschiert 14,99 €
ISBN 9783752894370

Roland Pöllnitz
Ein Schneeglöckchen zum Valentin
(Gedichte)
Cherusker Verlag Langwedel 2019
182 Seiten, broschiert 17,50 €
ISBN 978-0-2442-1198-1

Roland Pöllnitz
Das Geheimnis des Glücks
(Gedichte)
Cherusker Verlag Langwedel 2018
312 Seiten, broschiert 17,12 €
ISBN 978-0-2449-9932-2

Roland Pöllnitz
Buch der Liebe
(Gedichte)
Cherusker Verlag Langwedel 2017
254 Seiten, broschiert 17,12 €
ISBN 978-0-2446-3554-1